"괜찮아.
분명
다 잘될 거야."
"응……?"
친구에게 500엔을 빌려줬더니
빌린 돈의 담보로서 여동생을 보내왔는데,
난 대체
어떡하면 좋을까
5

의심은 곧 확신으로 바뀌었다.
매해 이 시기가 되면 관광객까지 찾아오는
유명한 일루미네이션 명소였다.
나무들에 감겨 있는 불빛이
마치 한낮이라고 착각할 만큼 눈부시게 빛나고 있었다.
진부한 표현이지만 마치 은하가 눈앞에 있는 듯한
그런 분위기였다.

'이쪽은……'

이 행복한 시간이
영원히 이어졌으면 좋겠다.
오늘뿐만이 아니라
앞으로도, 영원히 쭉.
그래서――
"자, 찍습니다!"

친구에게 500엔을 빌려줬더니 빌린 돈의 담보로서 여동생을 보내왔는데, 난 대체 어떡하면 좋을까

5

토시조 지음
김희윤 옮김

AK novel

CONTENTS

I lent 500yen to a friend,
his sister came to my house
instead of borrowing,
what should I do?5

일러스트 유키코

제1화 겨울이 온 걸 느끼는 이야기

여름이 끝나고 왔는지도 모를 짧은 가을이 스쳐 지나간 뒤 겨울이 찾아왔다.

대학 도서관에서 나오자마자 토해 낸 숨은 흐릿한 하얀색으로 물들어 있었다.

저녁 여섯 시만 되어도 바깥은 이미 깜깜해지고 묘한 무기력함이 온몸을 감쌌다.

햇빛을 충분히 쬐지 못한 탓일까. 아니면 이제 막 꺼낸 두껍고 묵직한 코트가 아직 익숙지 않아서일까.

나는 아직 이 무거운 겨울을 온전히 받아들이지 못하고 있었다.

대학생이 되고 혼자 살면서 처음 맞은 겨울은 상상했던 것보다 훨씬 더 정신이 없었다.

먼저 학교 일은 새해부터 필수 과목 시험과 리포트 제출이 몰려 있어서 지금부터 준비를 해야 했다. 그렇지 않으면 망할 게 훤히 보였다. 아니, 확정적으로 폭망이었다.

게다가 2학기가 시작되기 전에 알바를 늘리기로 한 것도 바쁜 데 한몫했다.

- 뭐? 다른 알바도 할 거라고? 그럴 거면 차라리 우리 카페에서 더 일해! 아주 빡빡하게 넣어 줄 테니까! 들었지, 아빠!

결국 절대 권력자 유아 누나의 한마디에 나는 '무스비'에서 시간을 더 늘려 일하게 되었다.

추운 계절에는 밤에도 오는 손님이 제법 있을 거 같으니 올해부터 시범적으로 저녁까지 카페를 운영해 본다는 게 그 이유였다.

그 덕분에 강의가 늦게까지 있는 날에도 아르바이트를 할 수 있게 되어 금전적으로는 꽤 여유로워졌다.

……하지만 그만큼 숨 돌릴 틈이 점점 없어져 갔다.

기본적으로 늘 뭔가를 했다. 집에 가면 씻고 자기 바빴고, 어쩌다 여유가 생기면 공부를 했다.

오로지 공부만 하고 또 했던 작년 수험생 시절에 비하면 좀 더 다양하게 하니 낫다면 나을 수 있지만…….

"수험이라……."

그 단어를 떠올리자 지금 그 전쟁터 한복판에 있는 여자아이의 모습이 머릿속에 그려졌다.

미야마에 아카리.

친구인 미야마에 스바루의 여동생이자 올여름부터 사귀게 된 내 여자 친구.

뭐, 사귀고 있다고는 하지만 정식으로 사귀기 시작한 건 올해 8월 말부터고, 마지막으로 얼굴을 본 건 9월 말이라 교제 기간 대부분을 장거리 연애로 보내고 있다.

하지만…… 연인이 된 계기였던 여름방학 동안의 동거가 너무 강렬했던 탓에 아직도 그녀가 옆에 없는 생활에 적응하지 못했다고나 할까…… 문득문득 외로움을 느낀다.

"기다리겠다고 맹세했는데……."

아카리는 굉장히 명석한 아이라 입시 전쟁의 한복판에 있다 해도 작년의 나와는 전혀 상황이 달랐다.

특별한 변수가 없다면 그녀는 여유롭게 높은 등급을 받고 내년 4월에는 이 세이오 학원 대학에 입할 것이었다.

다시 말해 이 장거리 연애도 이제 몇 개월만 더 하면 끝난다는 이야기.

그러니 조금만 참으면 될 일인데 자꾸자꾸 외로움이 밀려왔다.

10월부터 4월까지 고작 반년. 하지만 반환점이 되는 12월 말은 멀었으니 아직 절반도 지나지 않았다.

불과 얼마 전까지 '여자 친구 없는 기간=나이'였고, 굳이 조급한 마음으로 연애를 할 필요는 없다고 생각했던 내가 이런 감정을 느끼다니…… 여름을 나기 전의 내가 들었다면 절대 믿지 않았을 것이다.

숨 돌릴 틈이 생기면 그때마다 아카리가 생각났다.

하지만 내 외로움 하나 달래자고 연락을 하면 한창 수능 대비 중인 그녀의 집중력을 끊어 버릴지도 몰랐다.

아무리 합격은 식은 죽 먹기라 믿어도 단 한 번뿐인 시험에 실패하면 불합격이 되고 만다. 그렇기에 내가 먼저 약해질 수는 없었다.

"……좋아. 바로 집에 가서 저녁밥 준비하고 시험공부나 하자! 아, 가기 전에 슈퍼에 들러야 하지, 참."

나는 그렇게 중얼거리며 빠른 걸음으로 학교를 벗어났다.

갑갑한 마음을 날려 버리려면 무언가에 몰두하는 게 가장 좋다.

아카리가 오기 전까지 거의 하지 않던 요리도 요즘에는 가끔가

다 하게 되었다.

역시나 설거지는 귀찮았지만 자꾸 하다 보니 더러운 게 씻겨 나가는 모습에서 묘하게 후련함이 느껴져 조금 즐겁기도 했다.

물론 요리 실력도, 다른 집안일도 아카리에 비하면 턱없이 모자란 초짜 수준이지만.

하지만 아카리와 함께한 날들은 분명 나에게도 영향을 주었고, 그것이 일상에 색채를 더해 주었다.

그렇기에 집안일처럼 극적인 변화뿐만 아니라 소소한 변화까지도 기뻤지만 한편으로는 외롭기도 하고…… 아아, 또 답답해졌어!

아무튼 여자 친구가 생긴 지 약 석 달, 그중 장거리 연애 기간만 두 달이 넘은 나는 시시각각 변하는 감정에 휘둘리면서 간신히 하루하루를 보내고 있었다.

그리고 오늘은 12월 3일. 이제 곧 연말——보다 먼저 '크리스마스'가 다가오고 있다.

여자 친구 있는 상태에서 처음으로 맞이하는 이 특별한 날을 과연 어떻게 보내야 할까…….

안타깝게도 아직 그 답은 나오지 않았다.

◇◇◇

"하아……."

"또, 또!"

탁! 하고 뒤통수에서 경쾌한 소리가 났다.

내 한숨에 반응한 유아 누나가 냅다 때렸기 때문이다.

"오늘 벌써 몇 번째야. 땅이 꺼질 때까지 쉴 거야?"

"윽, 죄송합니다."

"일하는 중이라는 걸 잊지 좀 마. 뭐, 지금은 손님이 없으니 괜찮지만."

유아 누나는 그렇게 말하더니 들고 있던 대걸레를 나에게 떠넘기고는 의자에 털썩 앉았다.

"멍 때리고 있던 벌이야. 나머지 잘 부탁해~♪"

"……알았어."

나는 반박하지 않고 순순히 대걸레질을 하기 시작했다.

현재 시각은 밤 9시. 저녁 장사까지 마치고 손님도 모두 돌아간 후 뒷정리를 하는 중이다.

요즘은 거의 매일 이 시간까지 아르바이트를 하고 있다.

당연히 장시간 근무하면 돈을 더 받는다는 이유도 있지만 사실 그보다도——

"어허, 빨리 안 하면 오늘 밥 못 먹고 간다?"

"안 돼! 어, 얼른 할게!"

"뭐야, 안색까지 변하고. 그렇게 누나가 한 밥을 먹고 싶었어요~?"

유아 누나가 실실 웃으며 놀려 댔지만 사실 정답이었다.

유아 누나가 만들어 제공하는 직원 식사. 여태까지 휴일이나 점심시간에 걸쳐 근무할 때도 먹었고, 신 메뉴를 개발할 때 실험 중인 요리를 먹기도 했다.

하지만 최근 이렇게 밤늦게까지 일하고 뒷정리 후에 먹으니…… 새삼 감동이 밀려왔다.

유아 누나, 진짜 요리를 잘하는구나! 잘하고, 맛있어! 이중적인 의미로!

맛을 음미하면서 먹어 보니 확실히 아카리가 한 요리와 결이 달랐다.

아카리의 음식에서 가정적인 따스함이 느껴진다면, 유아 누나가 한 음식에서는 레스토랑의 메뉴 같은 기품이 느껴졌다.

천재형인 이 사촌 누나의 말로는 짬이 날 때 조리사 자격증을 땄다고 했으니 실제로 전문 요리사라 해도 과언은 아닐 것이다. 이런 사람이 내 근처에 있다니…… 정말이지 감격스러웠다.

"그래, 그랬구나. 그럼 이 누님이 기대에 부응해 오늘은 좀 더 특별한 요리를 만들어 줘 볼까!"

"아니, 그냥 평소처럼 해 줘."

"사양하지 않아도 돼. 나도 지금 기분이 좋으니까~."

"진짜 평소처럼 해 줘. 아니다, 제발 온 힘을 다해 평소대로 해 주세요."

"쳇, 모처럼 특식을 만들어 준다는데도 그렇게 사람 의욕을 꺾는다 이거지? 기회를 줘도 못 먹는 이 바보!"

"으앗!"

냅다 머리를 얻어맞았다. 좀 억울한데?

솔직히 유아 누나가 실력을 발휘한 특별한 요리라는 게 궁금하지 않다면 거짓말이다.

하지만 그런 걸 대접받는다면 제대로 돈을 지불해야 한다고 생각한다. 그리고 직원에게 제공되는 식사라서 좋은 점도 있다.

직원 제공용 식사는 그날 남거나 상태가 안 좋은 식재료를 써서 즉석으로 만든다.

유아 누나는 직원 먹는 거라고 대충 만들지 않아서 요리 속에 그녀가 쌓아 온 경험이나 지식이 꽉꽉 담겨 있다. 그래서 '이거 정말 직원 먹으라고 만든 거 맞아?' 싶을 정도로 맛있다.

게다가 그런 걸 주방에 들어간 지 10분 만에 만들어 내니 내 입장에서 보자면 거의 신기에 가까운 솜씨다.

……이게 다 내가 집에서 음식을 해 먹기 시작하면서 하게 된 생각이지.

직접 음식을 하면서 조금씩 지식이 쌓이다 보니 비로소 손톱만큼이나마 깨닫게 됐다. 아카리나 유아 누나가 하는 일이 얼마나 대단한지 말이다.

물론 그 경지를 목표로 삼겠다는 건 아니지만.

"또, 또. 손 멈췄다!"

"아얏, 미, 미안!"

또 생각에 잠겼다 혼나고 말았다.

두 번째라서 그런지 이번엔 엉덩이를 세게 맞았고…… 나는 더 혼나지 않기 위해 서둘러 청소를 마무리했다.

◇◇◇

그로부터 몇 분 후, 청소가 끝난 것과 동시에 어느새 주방에 들어가 있던 누나가 카운터 위에 따끈따끈한 음식을 차려 주었다.

음, 맛있는 냄새……!

"자, 오늘 식사는 바로 감자가 듬뿍 들어간 라자냐야!"

"오오……!"

라자냐란 넓고 납작한 파스타의 일종이며, 그것을 활용한 요리 역시 라자냐라 부른다.

분류상 이탈리아 요리로, 라자냐를 층층이 깔고 그 사이사이에 미트 소스나 기타 여러 재료를 채우는 것……이라고 대충 기억하고 있다.

카페 '무스비'에서도 라자냐는 겨울 한정 메뉴로 판매하고 있기에 홀을 담당(가끔은 배달도 한다)하는 사람으로서 당연히 숙지해야 할 기본 상식이었다.

"아, 큰아버지랑 큰어머니는?"

"두 분은 벌써 위로 올라갔지. 누가 청소를 세월아 네월아 하며 하는 바람에. 아마 지금쯤 이미 둘이서 오붓하게 한잔하고 있을걸?"

"윽…… 미안."

"괜찮아. 나 혼자서도 가게는 닫을 수 있으니. 그리고 이 나이에 부모님이 애정 행각을 벌이는 걸 보는 것도 좀 그렇고."

유아 누나는 인상을 찌푸리며 어깨를 으쓱했다.

"그러고 보니 오늘 큰아버지 기분이 꽤 좋아 보이긴 하던데."

"요즘 엄마가 하는 일이 잘 풀려서 집에 일찍 올 수 있다더라고. 그래서 나는 한동안 여기 남아서 더 일하다 가려고."

아무래도 유아 누나는 부모님이 둘이서 오붓하게 술자리를 즐기도록 이곳에 남아 시간을 보내려는 모양이다.

누나는 휙 주방으로 들어가더니 곧 접시 두 개와 캔 맥주 한 캔을 들고 돌아왔다.

그렇지 않아도 혼자 먹는 것치고 꽤 큰 내열 그릇에 라자냐가 담겨 있다 생각했는데 역시나 2인분이었나 보다.

“내가 덜어 줄게.”

“고마워.”

내가 라자냐를 나누는 동안 유아 누나는 내 옆에 앉아 캔 맥주를 땄다.

치익, 하는 경쾌한 소리가 나자마자 그대로 벌컥벌컥 맥주를 들이켜는 유아 누나. 마치 CF의 한 장면 같다.

“크! 뭐니 뭐니 해도 일이 끝난 뒤엔 맥주가 최고지! 안 그래?”

“나한테 물어본들…….”

“어휴, 너는 대체 언제 이 맛을 알래? 뭐, 4월생이니까 이제 곧이려나.”

“하하…… 그때가 오면 엄청 마시게 될 거 같네.”

“당연하지. 한계를 알아 두는 것도 중요하니까♪”

이를 드러내며 히히히 웃는 유아 누나.

“괜찮아. 안심하고 뻗어도 돼. 그땐 나도 부모님도 있고, 또…… 아카리도 있을 테니까.”

“그럼 더더욱 뻗을 수 없잖아!”

막 대학에 입학한 아카리에게 어른들 세계의 어둠을 보여 주는 건 아무리 생각해도 너무한 일이었다.

물론 취해서 망가진 모습을 보이기 부끄럽다는 이유도 있지만…… 그런 걸 솔직히 말하면 놀릴 게 뻔했다.

나는 화제를 돌리기 위해 라자냐를 덜어 담은 접시를 유아 누나에게 내밀었다.

“자, 누나 거. 얘기하다가 다 식겠다.”

“고마워~.”

“그럼 나도…… 잘 먹겠습니다.”

사실 아까부터 풍기는 깊고 진한 냄새가 계속 신경 쓰였다.

나는 잘 먹겠다는 인사를 하고 곧바로 라자냐를 한 입 먹었다.

“음……!”

다시 한번 말하지만 이 라자냐는 겨울에만 손님에게 파는 한정 메뉴다.

제법 인기 있는 메뉴지만 나는 이걸 한 번도 먹어 본 적이 없다.

보통 판매하는 메뉴는 한 번씩 먹어 봤지만 이상하게도 이 라자냐와는 인연이 없었다고 할까…… 타이밍이 안 맞아서 한 번도 먹어 본 적이 없었다.

물론 지금 내가 먹는 건 직원 식사니 손님에게 내놓는 것과는 다르겠지만——

“맛있어!”

미트 소스의 산미와 감칠맛이 지친 몸에 스며든다.

잘게 썬 감자의 포슬포슬한 식감은 부드러워서, 쫄깃한 파스타면과 아주 잘 어울린다.

일을 마친 뒤 지친 몸에 달콤함이 사르르 녹아든다.

육상부 훈련 후에 마시는 스포츠음료와 비슷한 느낌이려나. 몸이 자꾸만 원해서 숟가락질을 멈출 수가 없어!

“훗, 누가 한 요리인데~ 당연히 맛있지.”

유아 누나도 내 반응을 보고 만족스러운 미소를 지었다.

"술을 마실 수 있게 되면 더 맛있게 먹을 수 있을 거야. 와인이랑 잘 어울리거든."

"오, 와인이랑?"

이걸 더 맛있게 먹을 수 있다고 하니 갑자기 술에 대해 흥미가 생기기 시작했다.

"……근데 누나가 지금 마시고 있는 건 맥주잖아."

"아하하! 나는 뭐든 좋아해! 맥주도 좋고, 와인도 좋고~. 내가 소믈리에는 아니잖아!"

내 지적을 호쾌한 웃음으로 넘겨 버리는 유아 누나.

그러면서 두 번째 맥주를 따더니 벌컥벌컥 마셨다.

"아, 그러고 보니 너 요즘 아카리랑 연락은 잘 하고 있는 거야?"

"어?"

"요즘 한숨이 점점 늘던데. 보자, 고향을 그리워하는 게 향수병이면 이건 여친병이라 불러야 하나?"

"윽…… 그렇게 티가 나?"

이 누나한테 속마음을 들킨 게 한두 번은 아닌지라 딱히 놀랍지는 않지만, 그래도 약간은 충격이었다.

"당연히 티가 나지. 근데 네가 워낙 알기 쉬운 것도 있긴 하지만 원래 막 여친이 생긴 남자는 다 그런 법이야."

그렇게 말하며 가슴을 쫙 펴는 유아 누나.

"게다가 너희는 사귀자마자 바로 장거리 연애를 하게 됐잖아. 그 직전까지 아주 끈적끈적한 동거를 했으니 더 그렇겠지."

"끄, 끈적끈적한 동거?!"

어쩐지 굉장히 야릇하게 들리는데……?!

"마, 말해 두지면 이상한 짓은 하지 않았어!"

"그래, 넌 몇 번이나 그렇게 말했지. 근데 자꾸 말하니 오히려 더 수상하게 느껴지는 이 기분을 뭘까아~?"

"윽……!"

"뭐, 같이 살 때는 누가 봐도 그런 단계가 아니었으니 사실 의심할 건더기도 없지만."

결국 처음부터 답은 나와 있었다. 나는 그저 놀림당했을 뿐이었다.

미노리랑도 이런 대화를 한 것 같은데…….

놀리는 건지, 압박을 하는 건지, 아니면 능력 없는 남자라고 한심해하는 건지…… 괜히 기분이 가라앉는다.

하지만 그게 현실이다. 나는 유아 누나나 미노리의 말대로 둔하기 짝이 없어서 아카리의 마음도 오랫동안 알아채지 못했다.

어쩌면 지금 이 순간에도 무언가를 놓치고 있을지도 모른다.

요리처럼 직접 경험해 보지 않으면 모르는 일들이 많으니까.

"…………."

"왜 그렇게 뚫어지게 봐?"

유아 누나는 자칭 연애 경험이 많은 능력자다.

아니, 자칭이 아니라 실제로도 그럴 것이다.

연애의 단맛도 쓴맛도 다 경험해 봤으니 내 하찮은 고민쯤은 쉽게 꿰뚫어보는 거겠지.

그렇다면——

"저기, 유아 누나. 상담 좀…… 아니, 의견 좀 듣고 싶은 게 있는데……."

"응? 웬일이야? 나한테 상담을 다 요청하고~."

"어, 언제는 안 했나?"

냉큼 부정하면서도 속으로는 '드문 일이긴 하지' 하고 수긍했다.

유아 누나에게 상담을 요청하는 건 굶주린 사자 무리 속에 알몸으로 뛰어드는 것과 마찬가지인 일이었다.

놀리고, 조롱하고, 장난감 취급 한 기억이 좀 많아야지. 아마 중학생 때부터였나? 그때부터 누나에게 진지한 상담은 하지 않게 되었다.

그렇지만 지금은 나 혼자서는 도저히 해결할 수 없을 거 같고…… 거기다 남은 시간도 많지 않았다.

"저기, 그, 이제 곧 크리스마스잖아."

"응."

"그리고…… 누나도 알고 있을지 모르지만 그날은 아카리의 생일이기도 해."

"엇, 진짜?"

"응. 12월 24일."

스바루에게 슬쩍 경멸 어린 눈총을 받으면서 알아낸 아카리의 생일.

그건 바로 크리스마스 전날…… 즉 크리스마스이브라 불리는 날이었다.

"그 참, 좋은 건지 나쁜 건지 모르겠네. 평생 크리스마스랑 묶여서 축하받을 거 아냐."

"그러게."

선물은 두 개 받아도 케이크는 한 개뿐이라든가 그렇겠지……

아, 지금 이게 문제가 아니라.

“아무튼 이중으로 축하받는 날이잖아. 나도 그, 나, 남자 친구로서 축하해 주고 싶은데…….”

“응응.”

“……그래도 될까?”

“엥?”

유아 누나가 얼빠진 목소리를 냈다.

아니, 얼빠졌다기보다 ‘얘가 지금 뭐라는 거야.’ 하고 귀를 의심하는 듯한 반응이었다.

“축하해 주고 싶으면 해 주면 되잖아. 아니, 꼭 축하해 줘야지!”

“……하지만 지금 아카리는 수험생이잖아.”

“그건 뭐, 그렇긴 하지.”

“나는 지금까지 아카리의 여러 모습을 봐 왔어. 그 애는 똑 부러지고, 주관도 뚜렷하고, 성실하고, 귀엽고…….”

“뭐야, 뜬금없이 자랑질이야?”

“그, 그런 게 아니라!”

윽…… 나도 모르게 안 해도 될 말까지 하고 말았다.

아무래도 보고 싶다는 마음이 내가 생각했던 것보다 훨씬 강했나 보다.

하지만,

“그래서 나는 아카리의 약한 면도 알고 있다는 말을 하고 싶었어. 아카리는 분위기에 좀 잘 휩쓸리는 편이랄까? 멘탈이 그렇게 강한 편이 아니야.”

지금 내 머릿속에 떠오르는 건 여름 끝 무렵에 본 모의고사 성적이 나빠서 풀이 죽은 아카리의 모습이었다.

결과만 놓고 보자면 나나 미노리였다면 절대 나쁘다 생각하지 않을 점수였다. 그러나…… 전화로 그 말을 전할 때의 목소리, 그 가라앉을 대로 가라앉은 목소리가 내 머릿속에 강렬하게 남아 있었다.

"우울할 때뿐만 아니라 기쁘면 기쁜 대로 그 생각으로 머릿속이 가득 차서 다른 일이 손에 안 잡히는 애야. 크리스마스도, 생일도 축하해 주면 당연히 기뻐하겠지. 하지만 중요한 시기에 마음을 흔들어 놓을 수는 없어."

"틀린 말은 아니네. 하지만 축하해 주지 않으면 그건 그거대로 ……."

"응. 만약 아카리가 기대하고 있다면 실망해서 우울해할지도……."

결국 둘 중 하나는 선택해야 했다.

그렇다면 차라리 기뻐하는 쪽이 낫지 않나 싶지만…… 그렇게 단순하게 결정할 수 있는 문제가 아니었다.

"너무 생각이 많다 싶기도 하고, 좀 믿어 보라고 하고도 싶지만 …… 너도 수험생일 때 꽤 예민했다며. 그럼 그렇게 생각하는 것도 어쩔 수 없지."

유아 누나는 어이없다는 마음 반, 짠하다는 마음 반이 섞인 한숨을 내쉬었다.

아니 뭐, 확실히 시험 보기 직전에는 상당히 스트레스가 심하기는 했지. 하지만 외부적인 요인이 컸다고나 할까…… 뭐, 됐어.

"아카리가 멘탈이 약한 것도 사실이고……."

그렇게 중얼거리며 유아 누나는 눈을 감았다.

아마도 이 카페에 놀러온 아카리의 모습을 떠올리는 듯하다.

"모토무, 넌 어쩌고 싶은데?"

"나?"

"어느 쪽을 택해도 정답이 아닐 수 있어. 그렇다면 네 마음이 가는 대로 하는 건 어때?"

"나는…… 당연히 축하해 주고 싶지. 하지만 그건 내 이기심 아닐까 하는 생각도 들고…… 아아, 나도 내 마음을 모르겠어!"

대체 몇 번째일까. 이 문제로 머리를 쥐어뜯는 게.

축하는 하고 싶다. 솔직히 크리스마스야 내년에도 있지만 열여덟 살의 생일이나 사귄 뒤 처음 맞는 생일은 단 한 번뿐이었다. 알면서도 그냥 넘어가면 나중에 후회할 게 분명했다.

하지만 나는 아카리에게 '기다리겠다'고 말했다. 아카리는 지금 그 말을 철석같이 믿고 수능 준비를 하고 있을 거고. 나 혼자 들떠서 잘하고 있는 애를 흔드는 건 절대 안 될 일이었다.

"아, 진짜 어째야 하나……."

"그렇게 고민되면 그냥 아카리한테 직접 물어봐."

"그, 그건 안 돼!"

"왜? 아카리의 일이기도 하잖아. 그리고 요즘은 일방적으로 자기 의견만 강요하면 큰일 나는 시대라고."

유아 누나의 말은 하나부터 열까지 모두 맞는 말이었다. 거의 팩트 폭력에 가까웠다.

나도 몇 번이나 생각했다. 아카리의 의견을 존중하는 게 좋다고.

"하지만…… 이 일만큼은 내가 정하고 싶어."

"독단적이라는 소리를 들어도?"

"응."

나는 단호하게 고개를 끄덕였다.

아직도 어떻게 해야 할지 갈피를 못 잡고 있지만 이것만큼은 이미 확고하게 정해져 있었다.

"늘 아카리가 내 손을 잡고 이끌어 줬으니까."

그걸 유아 누나에게 한 말이라기보다 거의 혼잣말에 가까웠다.

나는 손끝으로 시선을 내리며 머릿속을 정리하듯 한 단어, 한 단어를 뱉었다.

"아카리가 먼저 우리 집에 왔어. 내가 당황해서 어쩔 줄 몰라 했을 때 그 애는 내 손을 잡아 끌어 줬고, 내가 겁을 먹고 있으면 등을 밀어 줬어. 9월에 본가에 갔을 때도 마찬가지야. 그 애가 놀러 와 줬지. 바다도 불꽃놀이 축제도 문화제도…… 다 아카리가 데리고 가 줬어."

반면에 나는 수동적으로 굴었다.

괜히 어른인 척하면서 웃는 얼굴로 해맑게 뛰어 다니는 그녀를 그저 바라만 보며.

하지만 아카리가 원래 적극적으로 들이대는 성격이냐 묻는다면…… 아마 아닐 것이다.

'죄…… 죄송해요!'

불꽃놀이 축제에 간 날이 떠오른다.

쉴 새 없이 불꽃이 터지는 가운데 내게서 도망치듯 달려가던 그 작은 등이.

'아카리는 결코 그런 성격이 아니야. 용기란 용기는 모두 짜내서 나를 이끌어 준 거야.'

그녀의 마음을, 진심을 느꼈기에 편한 길을 선택할 수는 없었다.

"나도 아카리를 위해 진지하게 고민하고 최선이라 생각하는 걸 그 애에게 해 주고 싶어. 그러니 상담을 하더라도 결정은 나 혼자 내리고 싶어……."

……큰일이다. 쓰, 쓸데없이 너무 말이 많았어.

다른 사람도 아니고 유아 누나 앞에서 이런 말을 하다니…… 또 놀릴 게 뻔해!

괜히 쑥스러워진 나는 고개를 숙인 채 가만히 있었다.

"……그렇구나."

그런 나를 보며 유아 누나는 그렇게 말했다. 놀리는 말투가 아니었다.

생각했던 것보다 훨씬 온화한, 예전에 내가 따랐던 착하고 다정한 누나의 온기가 목소리에 녹아 있었다.

"다 컸네, 모토무."

그런 말을 하며 누나는 내 머리를 부드럽게 쓰다듬었다.

대학생이 된 남자의 머리를 쓰다듬다니, 역시나 놀리고 있는 걸지도.

……하지만 어째서인지 그 손길을 뿌리치고 싶지는 않았다.

"네 생각이 그렇다면 천천히 생각해 봐. 모토무가 진지하게 고민하고 내린 결정이라면 그게 어떤 내용이든 아카리는 분명 이해해 줄 거야. 내가 해 줄 말은 이것밖에 없네."

가르치듯이, 격려하듯이, 유아 누나는 부드러운 어조로 그렇게 말했다.

그리고 그 말은 확실하게 내 안에 스며들었다.

"유아 누나……."

"뭐, 이해 못 한다면 아카리한테는 미안하지만 아직 모토무를 넘겨줄 수 없지."

"언제부터 내가 누나의 소유물이었는데?"

"에이, 무슨 그런 말을! 소유물이라니, 귀엽디귀여운 남동생이지."

유아 누나는 그렇게 말하면서 내 머리를 가볍게 톡 두드리더니, 이를 드러내며 씨익 웃었다.

제2화 친구가 기운이 없는 이야기

"……스바루?"

다음 날 아침, 1교실 수업을 듣기 위해 강의실에 들어가니, 웬일로 스바루가 먼저 와 있었다.

1학기, 2학기 내내 아슬아슬하게 오던 녀석이 무슨 바람이 불었지?

"일찍 왔다?"

내가 먼저 인사하는 이 상황에 묘한 위화감을 느끼며 나는 스바루 옆에 앉았다.

그리고 교재를 꺼내며 옆을 봤다가――나도 모르게 소리를 지를 뻔했다.

"야, 너! 얼굴이 왜 그래?!"

"으어어…… 아, 모토무 왔냐."

눈 밑에는 다크서클이 짙고, 볼살은 쏙 빠져서 홀쭉해지고……뭔가 만화에서 본 듯한 몰골이네.

"좀 일이 있어서 말이지……."

"저런. 아무리 그래도 몸은 좀 챙겨라."

스바루의 상태도 조금 신경이 쓰이긴 하지만 뭐, 괜찮겠지.

곧 강의가 시작되니 지금은 그쪽에 집중하자.

"그게 끝이야?! 야, 좀 들어 봐 줘라! 베프가 이렇게 우울해하는데!"

"아니, 근데 이제 곧 수업 시작하는데……."

"강의야, 나야? 선택해!"

"지금은 당연히 강의지. 오늘 기말 리포트 과제도 발표한다던데."

"으으윽……! 그건 나한테도 중요하긴 하지……!!"

그래도 학점은 중요했는지, 스바루는 분하다는 듯 씩씩거리면서도 부스럭부스럭 수업 준비를 시작했다.

대학교에서는 기본적으로 출석 점수에 기말 시험 성적 또는 리포트 점수를 더해 학점을 받는다.

경우에 따라서는 리포트를 여러 개 내거나 수업 때마다 강의 소감문에 후기 또는 과제를 적어 제출해서 점수를 받기도 하는데…… 아무튼 제대로 수업에 출석하고 과제만 하면 무난히 학점을 받을 수 있다는 얘기다.

나는 특별히 몸이 아프거나 하지 않으면 꼬박꼬박 수업을 듣지만, 스바루는 그날 기분에 따라 자체 휴강을 하기도 한다. 그래서 녀석의 출석률은 간신히 70% 정도. 시험이나 리포트에서 나보다 높은 점수를 받지 않으면 재수강 엔딩이 날 수도 있는 상황이었다.

'몰골은 엉망이지만 그래도 수업을 들으러 나온 거 보면 자기가 위험한 상태인 건 알고 있는 모양이네.'

고등학교 때부터 쭉 함께한 친구가 학점이 모자라서 졸업 못하는 건 나 역시 싫었다. 스바루가 게으른 건 부정할 수 없지만 내가 도울 부분이 있다면 내 나름대로 돕고 싶었다.

'……가만, 근데 스바루가 학점이 위태위태하다고 이렇게까지 하는 놈이던가……?'

이런 상황에서 녀석은 필사적으로 매달리기보다 '될 대로 되라' 하고 되레 뻔뻔해지는 타입이었다.

그래서 보다 못한 주위 사람들이 잔소리를 퍼부어야 죽상을 하고서 간신히 움직인다고나 할까.

"저기, 모토무. 나중에 나한테 시간 좀 내줘라……."

자칫 한숨처럼 들리는 힘없고 처량한 목소리.

평소와 확연히 다른 스바루의 모습에 나는 곧 귀찮은 일이 닥쳐올 거 같다는 예감을 지울 수 없었다.

내 앞에 놓인 문제조차 아직 무엇 하나 해결하지 못했는데 말이다.

◇◇◇

90분간의 수업을 마치고 나는 스바루와 함께 강의실을 나왔다.

사람이 없는 곳에서 이야기하고 싶다는 스바루의 말에 마침 둘 다 공강이기도 해서 학교에서 도보 10분 거리에 있는 그의 집으로 가기로 했다.

"여전히 돼지우리같이 하고 사는구나……."

스바루의 집은 내 집보다 훨씬 넓었다.

우리 집이 거실이 따로 없는 원룸 구조라면 스바루의 집은 거실과 주방과 방이 다 따로 분리되어 있는 구조였다.

거실과 주방이 분리되어 있어서 마치 방이 하나 더 있는 느낌.

하지만 그만큼 물건도 많았고, 바닥에는 벗어 던진 옷이며 택배 상자가 아무렇게나 널브러져 있었다.

나는 비교적 새것으로 보이는 가전이나 운동 기구를 보면서 '저런 것으로도 성격이 훤히 드러나네' 하고 생각했다.

"그냥 대충 자리 찾아 앉아……."

여전히 축 처진 모습으로 스바루가 그렇게 말하는 통에 나는 방석 위에 앉아 책상다리를 했다.

"상담하고 싶다는 게 뭔데? 학점 얘기는 아닌 것 같고."

"그런 사소한 문제가 아니야."

바로 단호하게 부정하는 스바루.

아니, 학점이 사소한 일은 아니지…….

"실은 말이지………………."

스바루는 인내심이 바닥날 정도로 한참 동안 뜸을 들이더니,

"요즘 나나미의 마음이 예전 같지 않은 거 같아!!"

드디어 고민을 털어놓았다.

"…………."

그리고 나는 그 고민 앞에서 할 말을 잃고 말았다.

뭐라고 할까…… 정말, 진심으로 뭐라고 대꾸해야 할지 몰랐기 때문이다.

스바루가 말하는 나나미는 하세베 나나미…… 우리와 마찬가지로 세이오 학원 대학에 다니는 1학년 여학생이다.

나와는 필수 과목인 영어 커뮤니케이션 수업을 같이 듣다가 친구가 되었다.

그러면서 자연히 스바루도 그녀를 알게 되었고, 첫눈에 반한 그가 적극적으로 대시한 끝에 몇 번의 데이트와 고백을 거쳐 두 사람은 여름 전부터 사귀게 되었다.

물론 스바루와 사귀게 되었다고 해서 하세베와 내 관계가 틀어진 것은 아니다.

영어 커뮤니케이션 강의뿐만 아니라 다른 강의가 겹치거나 교내에서 지나가다 마주치기라도 하면 인사도 하고 수다를 떨기도 했다.

하지만 스바루와 사이가 안 좋아졌다는 느낌은 없었는데…….

만약 진짜로 사이가 틀어졌다면 스바루와 친구인 나랑 마주치는 것도 껄끄럽지 않나……?

"확실해? 얼마 전에 이야기 나눌 때도 난 못 느꼈는데."

"라인 답장도 늦고, 뭔가 좀 차가워! 웃을 때도 억지로 웃는 거 같고…… 으……."

"야, 야야! 갑자기 왜 울어! 울지 마!"

말하다 말고 스바루가 눈물을 뚝뚝 흘리기 시작했다.

설마 울 줄은 몰랐기에 나는 허둥거리다 일단 바닥에 굴러다니는 티슈 곽을 집어 내밀었다.

"일단 눈물부터 닦아라."

"으, 응……."

스바루는 주섬주섬 티슈를 뽑아 얼굴을 문질렀다.

점심시간이 끝나면 나도 이 녀석도 다시 학교에 가야 하는데…… 이런 상태로 갈 수 있으려나.

"모토무, ……사람 하나 살리는 셈치고 부탁 좀 들어줘라!"

"어?"

"네가 나나미한테 물어봐 주면 안 될까? 그…… 나를 어떻게 생각하냐고."

"뭐어? 미쳤냐! 그런 걸 어떻게 물어!"

"그건 네 매혹 스킬로 어떻게든 해!!"

"나한테 그런 스킬이 어딨어!"

대체 뭐 때문에 그런 고민을 하는지 이유도 모르는 상황에서 다짜고짜 '혹시 걔한테 질렸어?'라고 물을 수 있는 사람이 누가 있을까. 무례한 것도 정도가 있지!

하지만 스바루는 한 발작도 물러서지 않았다.

내 바짓가랑이를 붙잡고 늘어지며 필사적으로 애원했다.

"제발, 이렇게 부탁할게! 너밖에 부탁할 사람이 없어! 유골은 내가 수습해 줄게!"

"이 새끼가? 죽을 자리인 걸 알면서도 시켜?!"

말은 이렇게 하지만 절대 안 된다고 냉정하게 뿌리칠 수 없는 것도 사실이었다.

예전의 나라면 이런 스바루의 행동에 학을 떼고 '네가 알아서 하라'며 매몰차게 내버려뒀을지도 모른다.

너무 예민하다거나 잡생각이 많다거나, 그런 적당한 말로 넘기고 속으로는 기막혀하면서.

하지만 지금은 강 건너 불구경 하듯 넘길 수 없었다.

'만약 아카리랑 라인으로 연락하다가 점점 대답이 늦어지고 글도 짧아진다면, 직접 만나도 웃는 얼굴이 어둡거나 한다면…… 도저히 비웃을 수가 없어.'

어느새 나는 스바루의 행동에 눈살을 찌푸리는 쪽이 아니라 공감하는 쪽이 되어 버렸다.

딱히 기분이 나쁘지는 않은데…… '내가 참 단순한 인간이구나' 하는 생각을 하지 않을 수 없었다.

"꼭 대놓고 직접적으로 묻지 않아도 괜찮아. 단골 술집에 들어가 '요즘 좀 어때?' 하고 슬쩍 떠보는 느낌이면 돼."

"술집에서 떠보는 느낌이 뭔지는 잘 모르겠지만…… 일단 알았어."

"알았다는 말은……?"

"하세베에게 물어보겠다고."

"진짜지?!"

"미리 말해 두지만 묻기만 할 거다."

너무나도 기대하는 눈빛으로 바라보고 있는 바람에 서둘러 기대치를 낮추려 뒷말을 붙였다.

하지만 스바루의 눈동자에 깃든 빛은 전혀 사그라들지 않았다. 오히려 눈시울이 촉촉이 젖기까지 했다!

그야말로 나 한 사람에게 마지막 남은 희망을 떠넘긴 듯한 모습이었다.

"……이것도 말해 두는데 실패해도 투덜거리지 마라."

"괜찮아! 모토무라면 분명 해낼 거야!!"

"그 믿음의 출처는 도대체 어디냐……. 진짜로 너무 기대하지 마!"

어쩐지 짊어지지 않아도 될 책임까지 일방적으로 떠안게 된 기분이 들었다.

역시 그냥 모른 척할까 하는 생각도 들었지만 여기까지 와서 매정하게 굴 수는 없었다.

결국 나는 2학기 일정이나 아카리에 관한 일과는 별개로 머리를 쥐어뜯고 싶은 고민거리를 또 하나 떠안게 되었다.

◇◇◇

그리고 그날 오후.

"하아……."

오늘 마지막 강의를 마치고 나는 교재와 노트를 가방에 넣으며, 나는 참고 참았던 한숨을 내뱉었다.

유아 누나와 이야기를 나누고 진지하게 크리스마스와 아카리의 생일에 대해 고민해 보자고 결심하기 무섭게 두통을 유발하는 미션이 늘어나 버렸다.

공교롭게도 똑같이 연애 사업에 관한 고민이라 대충 넘길 수도 없었다.

"일단 하나씩하나씩 할 수 있는 일부터 처리해 나가자……."

"앗, 시라기!"

"으악!"

갑자기 말을 거는 바람에 나는 반사적으로 몸을 흠칫 떨었다.

그 목소리는 익히 아는 목소리였기 때문이다.

"괘, 괜찮아? 방금 이상한 소리 내던데……."

"아, 아무것도 아냐. 괜찮아. 수업 다 끝나고 나서야 인사하네, 하세베."

타이밍 참 기가 막히네.

나에게 말을 건 사람은 다름 아닌 하세베 나나미…… 즉 스바루의 여자 친구였다.

이렇게 표현하는 게 맞는지 모르겠지만, 하세베는 굉장히 대학생 느낌이 물씬 나는 세련되고 예쁜 사람이다.

순한 얼굴과 죽지뼈 살짝 아래까지 오는 갈색 머리.

처음 봤을 때부터 어디 부잣집 아가씨같이 우아하고 세련된 분위기가 있었지만, 패션 센스와 메이크업 기술이 더 늘었는지 요즘은 한층 더 예뻐진 느낌이 들었다.

성격도 밝고 다른 사람도 존중할 줄도 알고. 스바루의 여친이라는 점을 빼더라도 대화를 나누기 편한 상대지만…… 아무래도 지금은 좀 껄끄러웠다.

"그러게. 근데 무슨 일 있어?"

하세베가 뭔가 이상하다는 듯이 고개를 갸웃하며 내 얼굴을 들여다봤다.

"아, 음…… 날이 많이 추워졌다, 그치?"

"응? 갑자기? 날은 전부터 쭉 추웠는데?"

어색할 때는 날씨 얘기가 최고라는 생각에 바로 말을 꺼내 봤지만 처참하게 실패했다.

이미 추워진 지는 한 달 이상이 된 터라 이제 와서 화제로 삼기에는 너무 늦은 감이 있었다.

뭔가 대화할 만한 주제 없나……?

나는 필사적으로 머리를 굴렸다.

"아니, 그게 아니라…… 아, 코트! 하세베가 그 코트를 입은 건 처음 본 거 같아서."

"아, 이거?"

하세베가 자신이 입은 코트를 만지작거렸다.

남색 더플코트.

약간 청소년들이 입을 법한 디자인같이 보이는 건 내 기분 탓일까.

"혹시 새로 산 거야?"

"아하하, 아냐. 이건 고등학생 때부터 입은 거야. 좀 디자인이 유치하지? 솔직히 새 옷을 사고 싶긴 해."

"아, 아냐. 전혀 안 그래. 엄청 잘 어울려."

"……너 시라기 맞아?"

"어?!"

갑자기 왜 경계하지?!

혹시 내가 뭐 잘못 대답했나……?

내가 볼 땐 매우 자연스러운 대화였는데!

"시라기가 다른 사람 옷을 신경 쓰고 지적하다니, 해가 서쪽에서 뜰 일이잖아."

"그, 그런가?"

"스바루도 그러더라. 모토무는 그쪽 눈치는 노답이라고."

그녀의 입에서 스바루의 이름이 나온 순간. 내 심장이 철렁 내려앉았다.

"그러고 보니 이런 얘기도 들었어. 고등학교 때 시라기를 좋아하는 애가 머리를 자르고 다음 날 시라기한테 '나 뭐 달라진 거 없어?' 하고 물었더니 시라기가 평소랑 똑같다고 대답했다며?"

"그, 그놈이 그런 이야기도 해?!"

"응, 그것도 아주 신나서 말하던데?"

그렇게 말하며 하세베가 킥킥 웃었다.

안타깝게도 하세베가 한 이야기는 실제로 있던 일이었다. 스바루가 배를 잡고 구르며 놀린 덕에 지금도 선명하게 기억하고 있다.

당시 초조한 표정으로 '나 뭐 달라진 거 없어?' 하고 묻는 그 애를 보며, 나는 헤어스타일이나 그런 게 아니라 안 좋은 쪽으로 변한 게 없는지 묻는 줄 알았다. 예를 들면 살이 쪘다든가 그런 거.

그래서 내 나름대로 배려한답시고, 물론 실제로 찌지도 않았지만 '평소와 똑같다'고 대답한 것이었다.

"그 얘긴 제발 잊어 줘……."

"아하하, 반응을 보니 진짠가 보네."

하세베는 그렇게 말하더니 약간 씁쓸한 웃음을 지었다.

"근데 그거 여자 입장에서는 진짜 실례되는 행동인 거 알지?"

"응…… 알지……."

"뭐, 악의가 있었다기보다 그냥 시라기가 그런 쪽으로 무던해서 그랬을 거라 생각해. 왜, 남학생들은 온갖 좋을 걸 보여 줘도 배 채우는 게 우선인 경향이 있잖아. 나는 여고를 나왔으니 잘은 모르지만."

그녀는 핀잔을 주면서도 어딘가 즐거워 보였다.

스바루에게 이 이야기를 들은 순간부터 나를 놀리고 싶어 참을 수가 없었던 모양이다.

그런 점은 스바루와 참 잘 맞는단 말이지.

"근데 그런 시라기가 내 코트에 대해 먼저 묻다니…… 혹시 여자 친구라도 생겼어?"

"어? 어…… 스바루가 말 안 했어?"

"응? 아니, 아무 말도 안 했는데? 뭐야, 무슨 일인데! 진짜로 생긴 거야?!"

하세베의 눈빛이 달라졌다.

……이거 괜한 얘기를 한 거 같은데!

"뭔데, 응? 빨리 말해 봐!"

"아니, 여기서는 좀……."

나는 하세베의 엄청난 기세에 움찔하면서도 막 수업의 끝난 강의실에서 계속 이야기할 내용은 아니라며 그녀를 진정시켰다.

비록 다들 본인들 수다에 집중하고 있어서 이쪽 얘기 따윈 신경 쓰지 않고 있지만 말이다.

"그럼 밖에 나가 벤치에 앉아서 이야기하자. 나는 오늘 이게 마지막 강이라 할 일이라고는 집에 가는 것밖에 없어. 시라기도 그렇잖아."

"음, 그래. 그러자."

그게 그거 아닌가…… 아니다, 강의실에서 얘기하는 것보다는 나을지도.

게다가 스바루에 대한 걸 묻기에도 그쪽이 더 편하겠지.

나는 하세베의 제안에 고개를 끄덕이며 가방을 멨다.

◇◇◇

밖에 나오니 이미 해가 지고 있었다.

우리는 잠시 길을 걷다가 캠퍼스 안에 설치된 벤치에 앉았다.

생각해 보면 이렇게 잠깐 쉴 장소가 있는데도 여태껏 하세베와 나란히 앉아 이야기를 나눈 적은 없었다.

당연히 단둘이서 카페에 가거나 밥을 먹으러 간 적도 없다.

보통은 다른 친구나 스바루도 같이 갔으니까. ……뭐랄까, 조금 신선한 기분이 들었다.

"자, 이제 얼른 말해 봐~."

하세베는 콧노래를 부르듯 경쾌하게 웃으면서 바로 본론을 꺼냈다.

뭐, 이건 필요 경비 같은 걸로 봐야겠지…….

일단 말하기로 결심은 했는데 이걸 어디서부터 말해야 할지…….

"하세베, 스바루한테 여동생이 있는 건 알지?"

"응? 아, 응. 알고 있어. 만난 적은 없지만 사진은 본 적 있거든. 진짜, 어어어어엄~청 귀엽더라!"

"으, 응. 그렇지."

하세베는 갑자기 무슨 스위치가 눌린 것처럼 목청을 높이며 열변을 토했다.

"아니, 빈말이 아니라 진짜로 스바루의 동생이 맞나 의심했을 정도라니까! 뭐랄까, 실제로 존재하는 사람 맞나 자꾸 의심이 드는 거 있지? 처음엔 그냥 시스콤인가 싶어 조금 질색했는데, 그런 애가 동생이면 나라도 똑같았을 거야!"

"그, 그렇구나."

"근데 갑자기 동생 얘기는 왜 하는 거야?"

"음, 아까 강의실에서 하던 얘기의 연장선이랄까?"

"아하, 그렇구나. ……응? 잠깐, 잠깐만."

하세베는 내 쪽으로 손바닥을 내밀며 내 말을 막았다.

그런 다음 턱에 손을 대고 미간을 찌푸리더니, 살인 사건 현장을 목도한 명탐정처럼 무언가 골똘히 생각하며 신음을 흘렸다.

몇 초 후——

"혹시…… 내가 생각하는 그거야?"

"응, 맞아."

갑자기 스바루의 여동생에 대해 이야기를 꺼낸 시점에서 생각할 수 있는 답은 오직 하나뿐이었다.

나에게 여자 친구가 생겼다. 그리고 그 상대는 남자 친구의 여동생이다.

상황을 완벽하게 이해한 하세베가 한숨을 푹 쉬었다.

"어쩐지, 너무 순순히 인정하고 말해 주더라니."

"일단 하세베만 알고 있어 줘. 그 애, 내년에 우리 학교에 입학할 거 같거든."

"알았어. 입 꾹 다물고 있을게."

하세베는 선선히 내 부탁을 들어줬다.

그녀의 모습에서는 스바루가 상상한 최악——이별을 고민하는 기색은 전혀 찾아볼 수 없었다.

지금 한 대화는 전부 하세베가 스바루의 여친이라는 전제를 바탕에 깔고 한 대화였다.

그걸 그녀가 불편해하지 않고 자연스럽게 받아들였다는 건 스바루와 사귀고 있는 지금 상황에 불만이 없다는 뜻일 터.

'하지만 내 추측이 그렇게 잘 맞았다면 여기저기서 둔감하다는 소리를 듣지 않았겠지…….'

솔직히 말해 자신이 없었다.

괜찮을 거라 생각하지만 그래도 혹시 모르니 직접 물어보는 게 좋을까?

이런 기회가 자주 오는 것도 아니고…… 좋아!

"그러고 보니 하세베."

"응?"

"요즘 스바루랑 같이 있는 걸 별로 못 본 거 같은데…… 무슨 일 있는 건 아니지?"

일단 내 나름대로 돌려서 물어봤다.

내 생각이 맞는다면 하세베는 '그런 거 없는데? 평소랑 똑같아. 무슨 그런 걱정을 해~.' 하고 대답해 주겠지.

"어?! 그, 그런 거 없을걸, 아마도? 그냥 평소랑 똑같다고 할까? ……응, 완전 똑같아. 아, 아하하~……."

'어, 엄청 티 나게 동요하잖아?!'

하세베는 동공에 지진을 일으키며 식은땀까지 흘렸다.

분명 뭔가 숨기고 있다. 아무리 둔감하다고 놀림을 받는 나도 그 정도는 알 수 있었다.

"그, 그렇구나. 평소랑 똑같, 응, 똑같구나…… 아하하……."

"으, 응. 시, 시라기도 차암~ 무, 무슨 그런 걱정을 해. 아하하……."

눈물 날 정도로 어설프게 얼버무리니 오히려 더 캐물을 수가 없었다. 결국 우리는 서로를 보며 어색하게 웃을 수밖에 없었다.

당연히 하세베도 내가 속아 넘어갔다고 생각하지 않을 것이다.

하지만 그녀도 이 상황에서는 수습할 방법이 없겠지…….

"스, 슬슬 일어날까?"

"그, 그럴까? 아, 맞다. 나 도서관에 책 좀 반납하고 갈게!"

"그, 그래. 그럼 나 갈게. 하세베도 조심해서 들어가!"

우리가 교내 벤치에서 이야기를 나눈 게 그나마 다행이라면 다행이었다. 그대로 물 흐르듯이 헤어질 수 있었으니까.

그렇게 우리는 매우 딱딱한 작별 인사를 나눈 뒤 각자 갈 길을 갔다.

"이것 참…… 스바루한테 뭐라 해야 하나……."

쉽게 해결될 줄 알았는데 오히려 더 깊은 수렁에 빠져 버렸다.

나는 두통이 이는 것을 느끼며 이걸 스바루에게 어떻게 전해야 할지 고민했다.

막간 한편 그 무렵 아카리는

"미야마에, 나 너 좋아해! 부디 나랑 사귀어 줘!"

"아, 저기…… 미안해."

12월이 되고 며칠이 지난 방과 후.

릿 짱과 교실에서 이야기를 나누고 있는데 느닷없이 한 남학생이 고백을 했다.

분명…… 옆 반 애였다. 이름도 알고는 있지만 대화한 적은 거의 없었다.

나도 모르게 반사적으로 거절한 뒤 축 처진 채 돌아가는 그의 뒷모습을 멍하니 바라봤다. 그 옆에서 릿 짱이 어이없다는 듯이 한숨을 쉬었다.

"요즘도 저렇게 다짜고짜 고백을 하는 녀석이 있네."

"그러게. 깜짝 놀랐어."

나는 릿 짱의 말에 고개를 끄덕였다.

좋다거나 싫다는 내색은 일절 하지 않았지만 아직 학생들이 많이 남아 있는 가운데 고백을 받으니 구경거리가 된 것 같아 내심 당혹스러웠다.

게다가 고백을 한 남학생은 복도로 나가자마자 친구들한테 요란하게 위로를 받고 있고…… 솔직히 따라 나가 한마디 해 주고 싶었다.

"뭐, 이게 바로 미인세(稅)인가 뭔가인가?"

"으…… 나도 모르는 사이에 내고 싶지 않은 세금을 내고 있었네……."

이번처럼 갑자기 고백받는 일은 거의 없지만, 평소 대화도 몇 번 못 해 본 사람이 연락처를 물어보거나 놀자고 하는 경우는 종종 있었다.

뭐, 연락처를 물어도 모르는 사람이면 거절하면 그만이고 놀자할 때는 수능을 핑계로 회피하면 되지만…… 신발장에 편지를 넣어 두는 건 정말 난감했다. 그 자리에서 대답할 수 없으니 거절하는 데에도 많은 품을 들여야 하기 때문이다.

그런데 요즘 들어 이런 식으로 접근하는 사람이 점점 더 많아지는 느낌이 들었다.

'혹시…… 나한테서 어른의 매력이 느껴지는 걸까?!'

사람은, 특히 여성은 사랑을 하면 강해지고 더욱 매력적이 된다는 말을 들은 적이 있다.

나는 선배를 오랫동안 좋아했고, 선배에게 어울리는 사람이 되고 싶다는 일념으로 지금까지 필사적으로 노력해 왔다.

그리고…… 선배와 사귀게 된 후 나는 더더욱 선배를 좋아하게 되었고, 더 많이 인정받을 수 있도록 노력해야겠다고 결심했다.

그 의지가, 커져 가는 그 마음이, 여자로서의 매력을 높여 준 건 아닐까……?!

"올해만 지나면 자유 등교니 고백하려면 지금밖에 없다고 생각한 거겠지."

“…………”

릿 짱은 몹시 냉정했다.

“이제 그만 가자.”

“으응…….”

고3 겨울. 이제 곧 고등학교 생활과도 작별이지만, 릿 짱은 그대로라서 어쩐지 안심이 되었다.

고1 때부터 쓰던 목도리를 목에 두르고 자리에서 일어서자, 반 전체의 시선이 일제히 이쪽으로 쏠렸다.

아까 그 고백 때문에 주목을 받았으니 어쩔 수 없다고 생각하는 한편, 혹시 아까 그 애처럼 고백할 기회를 엿보고 있는 건 아닐까 하는 의심이 슬며시 고개를 쳐들었다.

아니, 자의식과잉이란 건 알지! 나도 알아!

……이럴 때마다 역시 릿 짱이 멋지다는 생각이 든다.

릿 짱은 고백을 받아도 절대 동요하지 않았다.

연락처를 물으면 스마트폰을 만지면서 ‘나 핸드폰 없어’ 하고 눈에 뻔히 보이는 거짓말을 하고, 같이 놀자고 하면 ‘엄마가 모르는 사람은 따라가지 말라고 그랬어’라며 단칼에 거절했다.

신발장에 편지가 들어 있으면 내용을 보지도 않고 버렸는데, 저기압인 날에는 편지를 쓴 사람을 확인한 뒤 반을 알면 그 반 신발장에 있는 사람에게 돌려주라는 잔인한 부탁을 서슴없이 했다.

뭐, 릿 짱의 그런 강한 대응에 일부 사람들은 반감을 가진 것 같긴 하다. 실제로 그녀의 반격이 두려운지 고백을 하는 횟수가 많이 줄어들었다.

고백이 줄어들다니…… 원래 선배 말고는 누구와도 사귈 생각이 없었고 끝내 선배와 사귀게 된 내 입장에서는 부럽기 그지없는 일이었다.

차라리 나도 릿 짱처럼 마음을 독하게 먹고 단호하게 행동하는 게 좋을까…… 으으.

다행히 오늘은 학교 밖으로 나올 때까지 말을 거는 사람이 더는 없었다.

혼자 하교할 때는 거의 매일같이 신발장 앞에서 붙잡혔는데…… 혹시 릿 짱 덕분인가?!

"앞으로 매일 같이 하교하자!"

"웅, 안 돼."

단칼에 거절당했다!

"나 한동안 알바 빵빵이 돌아야 해."

"으~……."

릿 짱은 문화제가 끝난 뒤부터 아르바이트를 시작했다.

이미 추천 입학이 확정 났기 때문에 자취를 위한 자금을 모으는 중이었다.

그래서 전에는 내가 수험 공부 하느라 바빴다면, 요즘은 릿 짱이 더 바빠서 나에게 신경을 써 주지 못하는 상황이었다.

물론 나도 수능이 코앞이라 더 기합을 넣고 집중해서 공부해야 하지만 시기지만…… 가끔은 쉬지 않으면 숨 막혀 죽을 거 같단 말이야!

"그럼 오늘은 아주 제대로 놀 거야!"

"…………."

릿 짱은 어이없다는 듯이 눈을 가늘게 떴다.

"그러다 여름처럼 울면서 매달리려고? 나 더는 안 받아 준다."

"윽…… 아, 안 매달려! 아니, 그 전에 성적이 떨어질 일은 이제 없거든?!"

"과아연?"

"지금도 매일 정해진 양만큼 철저히 공부하고 있어. 그리고 다음 주부터는 입시 학원에서 수능 대비반 수업도 듣기로 했고."

"학원? 아카리는 학원 다닐 필요 없잖아."

"그건…… 엄마가 그래도 한번 다녀 보는 게 어떻겠냐고 해서 그냥 그러겠다고 했어."

지금 성적으로는 릿 짱이 말한 대로 필요 없을지도 모르지만 간다고 손해 보는 것도 아니니…… 게다가 집에서 혼자 공부하면 곧잘 딴생각을 하니까.

"아, 나도 릿 짱처럼 추천해 달라고 떼써 볼걸~."

"이제 와서 무슨 소리야. 특기 장학생이 돼서 선배한테 멋진 모습을 보여 주고 싶다며."

"그건 그렇지……."

세이오 학원 대학의 특기 장학생으로 선발되려면 시험에서 좋은 성적을 내는 것은 물론 특기 장학생 면접에서도 합격해야 했다.

당연히 나는 운동 성적이나 다른 실적을 인정받아 입학하는 게 아니기 때문에 특기 장학생 후보가 되기 위해서는 수능에서 아주 높은 점수를 받을 필요가 있었다.

'엄마도 아빠도 딱히 장학생이 되라고 압박을 준 적은 없지만…… 좀 더 좋은 대학도 갈 수 있는데도 굳이 세이오 학원을 지

원했으니 내 나름대로 성의는 보여야지.'

그렇기에 추천을 받아 갈 수는 없었다. 알고는 있는데…….

그래도 이렇게 일찌감치 수능 지옥에서 해방된 릿 짱을 보고 있으면 어쩔 수 없이 부럽다는 마음이 생겨났다.

"아카리, 추천이라고 다 좋은 건 아냐."

"……그래?"

"대학에서 고등학교로 몇 개 안 되는 슬롯을 주고 입학을 허가한 거잖아. 그럼 자연히 입학하고 나서 내 평판이 고등학교 평판으로 이어지겠지? 내가 문제를 일으키거나 중간에 자퇴라도 하면 앞으로 우리 학교에는 추천 슬롯 안 줄지도 모르니 책임이 막중하지."

"드, 듣고 보니 그러네……."

"그러니까 아카리한테는 좀 힘들 거야."

"뭐어?! 내가 문제 일으키거나 자퇴할 사람으로 보이는 거야?!"

"아니, 그게……."

릿 짱은 슬며시 눈을 피하며 말끝을 흐렸다.

그 노골적인 반응을 무시할 수 있는 사람이 몇이나 될까.

"뭔데 그래."

"밖에서는 좀 말하기 그래."

"아, 정말! 궁금하니까 빨리 말해 봐."

"음……."

릿 짱은 잠시 뜸을 들이더니, 내 귀에 입술을 가까이 붙였다.

"모토무 군이랑 너무 붙어 있다가………… 그냥 아예 하나가 될 거 같아서."

"뭐어어?!"

문제나 자퇴에 버금가는 미래 예언에 나는 머리가 펑 터지는 듯한 착각을 느꼈다.

"무, 무무무, 무무무무슨……!!"

"지금의 아카리에게는 너무 이른 이야기였나?"

"지금뿐만 아니라 대학생인 나한테도 일러!"

그건 언젠가 이루고 싶은…… 아니, 그야말로 인생의 정점이자 최종 도착지라고 부를 만한 미래였다.

하지만 이렇게 갑작스럽게, 느닷없이 말하니 도무지 머리가 대화를 따라갈 수가 없었다!

"아카리가 순진하긴 하지만 폭주하면 상식 밖의 행동을 하니 절대 없는 일이라고는 단언할 수 없잖아."

"왜, 그렇게 생각해?! 그럴 일, 절대 없어! 장담해!"

아아, 얼굴이 뜨겁다.

하지만 이건 분위기로 밀어붙여서 어떻게 될 이야기가 아냐. 제대로, 진지하게 선배와 얘기를 나누고 결정해야 하는 일이라고……!

"표정 봐라."

"흐엑?!"

갈등하는 내 모습이 릿 짱의 눈에는 무척 웃겨 보였나 보다.

그녀는 마치 나를 놀리듯 키득키득 웃었다.

대체 언제부터 날 놀리고 있던 걸까…… 혹시 처음부터?

'릿 짱은 정말 변하질 않는다니까…….'

다소 어이없어하면서도 한편으로는 여러 아르바이트를 하느라

지쳤을 텐데 평소와 다름없는 베프의 모습에 슬며시 안도했다.

◆◆◆

그대로 나와 릿 짱은 우리 집으로 왔다.

엄마와 릿 짱이 이야기를 나누는 사이에 나는 내 방으로 먼저 들어와 실내복으로 갈아입었다.

그리고 나서 의자에 앉아 느긋하게 단어 카드를 보며 기다리기를 십수 분.

“나 왔어.”

릿 짱이 음료와 과자가 담긴 쟁반을 들고서 들어왔다.

“아, 엄마가 또 릿 짱한테 시켰네.”

“뒤도 안 돌아보고 쌩하니 방으로 가 버린 네가 할 말은 아니지.”

릿 짱은 기가 막힌다는 듯이 그렇게 말하면서 내 책상 위에 쟁반을 내려놓더니, 아주 자연스레 내 옷장 문을 열었다.

그리고 내 방에 갖다 놓은 본인 옷 중 하나를 꺼내더니 빠르게 갈아입었다.

참고로 오늘 고른 옷은 고양이 귀가 달린 동물 잠옷이었다.

조금 유치한 디자인이지만 릿 짱이 예쁘니까 잘 어울렸다. 설령 어울리지 않아도 갭이 있어서 귀엽게 느껴지는 게 릿 짱의 매력이었다.

그리고 릿 짱은 고양이를 좋아했다.

“후아암~ 졸려…….”

릿 짱은 마치 고양이처럼 눈을 가늘게 뜨며 기지개를 켜더니, 일말의 망설임도 없이 내 침대에 몸을 던졌다.

"뭐야, 오자마자 잘 거야?"

"알바하느라 피곤이 쌓였어……."

"지금 무슨 알바 한다고 했지?"

"패밀리 레스토랑."

"아하…… 근데 왜 패밀리 레스토랑을?"

"딱히 어려운 게 없어서? 어차피 3월까지만 할 건데 배울 게 많아서 뭐 해."

나는 또 지난번 문화제 때를 계기로 접객에 흥미가 생겼나 했더니 그건 아니었나 보다.

하지만 곰곰이 생각해 보면 릿 짱은 이런 성격이면서도 유난히 접객 아르바이트를 많이 했던 것 같다.

전에는 전국에 체인이 있는 햄버거 가게에서 '스마일 0엔'이라며 손님 상대를 했었고.

"근데 참 신기하긴 하네. 왠지 사람들 상대 안 하고 뒤쪽에서 일하는 걸 좋아할 거 같은 이미지인데."

"접객은 귀찮기는 한데 편해. 스태프밖에 없는 뒤쪽에서 일하면 별 시답지도 않는 게 직원이랍시고 갑질해서 짜증나거든."

덤덤한 말투지만 어쩐지 감정이 실린 것처럼 느껴졌다. 분명 겪은 적이 있는 일이겠지.

"근데 왜 나만 계속 떠들어?"

"안 그러면 잘 거잖아. 아, 그냥 오늘 우리 집에서 자고 갈래?"

"아…… 아까 아줌마도 자고 가라 하시더라."

"우리 엄마는 그런 거 좋아하거든."

"일단 기다려 봐."

릿 짱은 그렇게 말하더니 스마트폰을 들었다.

아마도 집에 허락을 받으려는 모양이다.

내일은 토요일이니 이런 경우에는 보통——

"……그렇게 하래. 두 분 다 오늘 회식이라 늦는다네."

"잘됐네. 그럼 엄마한테 말하고 올게."

"아까 장 보러 가신다고 나가셨어."

"그럼 라인으로 말해야겠다."

늘상 있는 일처럼 굉장히 자연스러운 대화지만 사실 릿 짱이 우리 집에서 자는 건 오랜만이었다.

내가 시험공부를 해야 하기 때문에 릿 짱이 자제했을 수도 있고, 단순히 타이밍이 안 맞았을 수도 있다.

그렇지만 정말로 릿 짱이 참아 준 거라면…… 어쩌면 오늘도 나를 위해 자고 가는 것일지도 모른다.

"응, 엄마도 괜찮다네. 괜찮은 정도가 아니라 처음부터 릿 짱 것까지 저녁밥을 준비하려 했나 본데?"

"그래? 감사하네."

고맙다는 말도 심드렁하게 하는 릿 짱.

내 앞에서는 이러지만 막상 엄마 아빠 앞에서는 공손한 것을 알기에 별로 기분이 나쁘지는 않았다.

그런데…… 어쩐지 목소리에 힘이 없는 거 같은데…….

"자고 간다고 지금부터 자는 거 아니지?"

"안 자. 그냥 조는 것뿐이야."

"그게 자는 거잖아!"

"아아, 저기 강 건너에 할머니가 보인다."

"그건 자는 거랑 완전히 다른 쪽이고!"

릿 짱은 마치 잠꼬대처럼 그렇게 드립을 치다가 갑자기 벌떡 몸을 일으키더니, 졸음이 가득한 눈으로 나를 바라봤다.

"요즘 모토무 군이랑은 어때?"

"어?"

"너 요즘 좀 기운이 없어 보이던데 괜찮은 거 맞아?"

역시 릿 짱은 내가 평소와 다른 것을 눈치채고 있었던 모양이다.

뭐, 평소와 확연히 다른 정도까지는 아니지만…… 그래도 사람 온기가 고파서 릿 짱에게 더 달라붙었던 것도 사실이다.

"실은…… 요즘 대화를 많이 못 해……."

스스로 느끼고 있던 문제였기에 나는 이때다 하고 고민을 털어놓았다.

"문자는 계속 주고받고 있는데 전화는 통 못 하고 있달까……."

"왜 그러는데? 권태기야?"

"그, 그렇게 말할 정도는 아닌데……!"

훅 찌르고 들어오는 노골적인 표현에 순간 움찔했지만 나는 애써 평정심을 유지했다.

"그, 수능이 이제 진짜 코앞이니까 선배는 공부에 집중하라고 신경 써 준 거고…… 나는 나대로 선배가 슬슬 과제나 시험 준비를 할 때다 싶어서 방해하지 않으려 한 거거든……."

"아하."

“그리고 또…….”

문득 머릿속에 떠오르는 12월 말의 어느 날짜.

말끝을 흐리는 내 모습에 릿 짱도 내가 무슨 생각을 하는지 알아챈 듯했다.

12월 24일.

크리스마스이브.

그리고 내 생일!

선배와 사귀게 된 지금, 이 하루가 그 어느 때보다 중요하고 특별한 의미를 가지게 되었다는 건 두말할 필요도 없었다.

하지만…….

“뭘 고민하는 건지 모르겠네. 그냥 크리스마스이브에 데이트하자고 말하면 되잖아.”

“그, 그렇게 쉬운 문제가 아니라고!”

릿 짱은 쉽게 말하지만 상황은 그렇지 않았다.

우선 나는 수험생이었다.

그리고 새해가 되면 바로 수능을 치러야 했다.

대학에 입학하려면 수능을 보는 방법과 대학 자체 시험인 일반전형 시험을 통과하는 방법 두 가지가 있었다.

그중 수능에 응시하면 그 성적을 가지고 여러 대학에 지원을 할 수 있었다.

다시 말해 나도 이 수능에서 좋은 점수를 받으면 세이오 학원 입학할 가능성이 높아진다는 뜻인데…….

문제는 이게 말처럼 그렇게 쉬운 일이 아니라는 것이다.

이 수능은 경쟁자가 많았다. 많아도 너무 많았다!

웬만한 수험생이라면 모두 이 시험을 쳤다.

그리고 그 점수를 가지고 합격 안전권인 학교까지 지원을 했다.

그렇게 하면 만약 원하는 대학에 붙지 못할지라도 그보다 한 단계 낮은 학교에 입학하여 재수생이 되는 건 피할 수 있기 때문이다.

그래서 모르는 대학일지라도 위치나 수준이 맞으면 일단 원서를 내 두고, 1지망 대학은 일반 전형 시험을 쳐서 노리는 게 일반적인 방식이었다.

일반 전형 시험은 그 대학에 꼭 들어가고 싶은 사람이 응시를 하기 때문에 경쟁자가 확 줄어든다.

입학 정원도 많아서 경쟁률 자체가 완전히 다르다.

수능 성적으로 합격하려면 일반 전형 시험 성적보다 두 등급 정도는 더 높게 나와야 된다는 말까지 나올 정도다.

'둘 다 응시하긴 하겠지만 수능 성적으로 붙을 수 있는 모르겠어…….'

물론 수능 성적으로 붙으면 정말 기쁠 것이다.

수능 점수를 토대로 원서를 접수해도 특기 장학생이 될 수 있다고도 하고, 만약 일반 전형 시험을 보게 되더라도 마음의 여유가 생길 테니까.

……그런 중요한 시험까지 한 달도 안 남았는데 크리스마스이브라니.

솔직히 놀고 있을 때가 아니라는 것도 알고, 방심했다가는 돌이킬 수 없는 지경에 이를 수 있다는 것도 잘 알고 있었다.

긴장을 완전히 놓는 바람에 컨디션이 무너지면 어떻게 되는지

지난 여름방학 때 뼈저리게 겪었으니까.

하지만…….

'그래도 선배랑 같이 보내고 싶어.'

얼마나 리스크가 큰지 알면서도, 그래도 마음을 억누를 수가 없었다.

분명 잘못된 생각이었다. 다른 사람 일이었다면 '1년 정도는 참아도 되지 않나?' 하고 생각했을지도 모른다.

어떻게 해야 할까, 무얼 우선해야 할까. 이젠 아무것도 모르겠다.

"……뭐, 생일을 축하해 달란 말을 본인 입으로 하기는 좀 그런가."

"솔직히 그 이유도 있어!"

생일을 축하해 달라고 조르는 건 왠지 어린아이나 할 법한 행동 같았다.

이런 건 축하받는 쪽이 잊고 있는데 축하해 주는 쪽이 기억하고 축하해 주는, 그런 서프라이즈 같은 모양새가 좋은 것 같기도 하고, 아닌 것 같기도 하고…….

……나도 참 답이 없다.

선배가 내 생일을 아는지 모르는지도 모르면서.

'결국 뭐가 정답인지 모르겠어…….'

어떤 근심, 걱정도 생각이 과하다면서 웃어넘길 수 있을 만큼 강했으면 좋겠다.

확신을 가지고 장담할 수 있을 정도로 나는 자신감이 넘치는 사람이 아니었다.

선배와 대화할 시간은 줄어들었지, 학교에 가서는 고백이나 받고 있지, 공부는 해도 해도 끝이 없지…… 점점 기분이 가라앉는 것을 느낀다.

이런 마음을 가질 때가 아닌데…… 지금 무엇보다 중요한 건 수능인데…….

"아카리."

"어? 아앗, 뭐 하는 거야, 릿 짱!"

생각에 잠겨 있던 나를 릿 짱이 툭툭 쳤다…… 그것도 발로.

"이건 좀 심한 거 아냐?!"

"이 만화 다음 권 어딨어?"

"…………."

남은 진지하게 고민하고 있는데 그 옆에서 태평하게 만화책이나 읽고 있다니, 무슨 베프가 이래!

게다가 사람을 발로 차기까지 하고!

"괜찮아. 분명 다 잘될 거야."

"응……?"

릿 짱……?!

생각지도 못한 다정한 응원에 그만 가슴이 두근거린 나.

동물 잠옷까지 입어서 갭 차이에서 오는 매력이 하늘 높은 줄 모르고 치솟는다.

"라고 이 사람도 말하고 있어."

"그건 만화 캐릭터잖아!"

릿 짱은 굳이 만화 속 인물이 그 대사를 하고 있는 장면을 가리

키면서 말했다. 근데 하필 지금 저 대사를 어떻게 찾았대?

"뭐, 이 사람이 하는 말이니까 맞지 않을까?"

"또, 또! 대충 말하지!"

"아니, 근데 지금까지 이 사람이 활약한 걸 생각하면 말에 의미가…… 잠깐만, 얘가 누구더라?"

"……아마 그 편에서만 나오는 엑스트라일걸."

"…………."

릿 짱은 말없이 책을 덮었다.

묘한 정적이 방 안에 흐르고——

"그래서, 다음 권은 어딨어?"

없어?!

릿 짱은 평소와 똑같은 모습으로, 마치 시간을 조금 되돌려 아무 일도 없었다는 듯이 다음 권을 요구했다.

"……여기."

"고마워."

책장에서 다음 권을 꺼내 주자, 릿 짱은 아무렇지 않게 받아 읽기 시작했다.

'와 진짜 이 강철 멘탈은 뭐지……?'

내 멘탈이 약한 것일 수도 있지만, 그래도 방금 같은 상황에서 바로 평소 모습으로 돌아가는 릿 짱은 역시 보통 인물이라 볼 수 없었다.

솔직히 본받아야 할지도…… 그렇게 생각하면서 나는 릿 짱이 방금 다 읽은 만화책을 집어 그녀를 따라 읽기 시작했다.

제 3 화 친구와 여친의 싸움에 휘말린 이야기

12월에 들어선 뒤부터 밤에 푹 잔 적이 없는 것 같다.

그 정도로 매일 이것저것 고민하느라 머리가 아픈데, 요즘 유독 더 힘든 느낌이 들었다.

하나씩 짐을 내려놔야 한다는 건 알고 있지만 대체 언제 내려놔야 할지는 도무지 알 수 없었다.

그래서인지 시간이 남아돌 때면 온갖 잡생각에 머릿속이 복잡해졌고, 낮에는 어떻게든 넘길 수 있었지만 잠자리에 누우면 또다시 상념에 짓눌렸다.

잠도 잘 안 오고…… 솔직히 고통 그 자체——

'모토무, 나 나나미…… 아니다, 하세베랑 헤어졌어.'

헉!

'음, 이 성적으로는 안 되겠군. 재수강 확정!'

네에?!

'죄송해요, 선배…… 저 합격하지 못했어요…….'

말도 안 돼!

"으아아악!! ……아, 꿈이구나……."

간신히 잠들었다가 이런 지옥 같은 악몽을 꾸는 건 이제 드문 일이 아니었다.

난방도 안 틀었는데 땀에 흠뻑 젖어서 기분도 안 좋았고 몇 시간 잔 것 같지도 않아 몸도 찌뿌둥했다.

이게 가끔 있는 일이라면 모르겠지만, 거의 매일같이 계속되고 있는 데다가 점점 그 강도도 심해지고 있어서 이루 말할 수 없이 괴로웠다.

"……그래도 학교는 가야겠지."

여러 악몽 중 '필수 과목에서 낙제하고 재수강'하는 악몽을 현실로 만들지 않기 위해 나는 무거운 몸을 억지로 일으켰다.

사실 왜 멘탈이 이렇게 갈려 나가는지, 나는 그 이유를 알고 있었다.

학교에 가기 위해 옷을 갈아입고, 충전해 두었던 스마트폰을 집어 들었다.

그러고 나서 잠금 화면을 풀고——

"……하아."

그대로 한숨을 푹 쉬었다.

예상했던 대로 단 하나의 알림도 없었기 때문이다.

최근 들어 아카리에게서 연락 오는 일이 눈에 띄게 줄었다.

얼마 전까지는 딱히 할 말이 없어도 '일어났어요?'로 하루를 시작하고 '잘 자요'로 하루를 마무리했었는데…….

서로 바빠지기 시작하면서 소소하게 주고받았던 메시지가 점차 줄어들더니…… 요즘 들어서는 아예 보내지 않게 되었다.

물론 내가 먼저 보내도 된다. 하지만 아카리가 바쁠 수도 있다고 생각하면 괜히 주저하게 되고, 그와 동시에 아직 답이 나오지 않은 크리스마스와 생일이 걸려 손가락이 멈칫했다.

어쩐지 이도 저도 아닌 느낌이 들어서…….

"아, 아니야. 라인 정도는 그냥 편하게 보내도 돼! 이것도 못하면 앞으로는 진짜 용건이 있을 때만 연락하는 사이가 된다고……!"

나는 그렇게 스스로를 응원하는 말을 중얼거리면서 대화창에 글을 쓰기 시작했다.

"'잘 잤어? 요즘 계속 날이 추운데 감기는 안 걸렸고? 항상 건강 조심해'…… 좋아. 이상하지 않지?"

여러 번 문장을 훑어보면서 오타나 이상한 표현은 없는지 확인했다.

그런 다음 긴장해서 쿵쿵 뛰는 심장을 심호흡으로 진정시키며 전송 버튼을…… 눌렀다!

——띵동.

"허억!!"

라인을 보낸 것과 거의 동시에 초인종이 울리는 바람에 나도 모르게 스마트폰을 떨어트리고 말았다.

"서, 설마……?"

너무나도 비현실적인 타이밍에 말도 안 된다고 생각하면서도 '혹시?' 하는 작은 기대가 피어올랐다.

데자뷔라 해야 할까? 뇌리에 그날의 그 장면이 떠오르고…… 나는 조심스레 현관으로 가 문을 열었다.

"나 왔다."

"뭐야, 너였냐?"

문 앞에 서 있는 건 스바루였다.

어떤 의미로 상상에서 한 끗 벗어난 상황. 아니, 애당초 한 끗이라 할 일이 뭐가 있을까.

나는 스마트폰을 주워 주머니에 쑤셔 넣으면서 불청객을 보듯 스바루를 흘겨봤다.

"아침 댓바람부터 왜 남의 집에 쳐들어오고 난리야."

"아니, 부탁한 일이 어떻게 됐는지 궁금해서 참을 수가 있어야지."

솔직히 예상은 했다.

어제 스바루에게 일단 하세베랑 대화해 봤다는 이야기는 해 둔 상태였으니까.

"마침 학교 가는 날이니 같이 가면서 들으려고."

"내 일정은 생각도 안 하지?"

"어차피 같은 수업 들어가니까 문제없잖아. 게다가 학교 안에서 얘기했다가 나나미 귀에 들어가기라도 하면 난감하니까."

그건 뭐, 맞는 말이긴 하다.

어쨌든 하세베를 몰래 떠보라고 시킨 것이니 스바루도 양심의 가책은 느끼고 있을 것이다.

하지만 본인 속이 타서 이런다는 게 더 맞는 말일지도 모른다.

지금도 평소와 똑같이 행동하려고 하고 있지만, 솔직히 억지로 밝은 척하는 데 눈에 훤히 보였다.

'이 이상 시무룩하게 만드는 것도 좀 그러니 역시 적당히 돌려 말하는 게 좋으려나.'

"모토무, 솔직하게 말해 줘."

"어?"

"괜히 배려한답시고 빙 돌려 말하지 말고. 만약 네가 내 입장이었다면 너도 있는 그대로 듣고 싶어 했을 거 아냐."

"윽……."

내 마음을 눈치챈 건지 스바루가 날카로운 말을 던졌다.

아니, 처음부터 알고 있었던 거다. 내가 어떤 사람이고 이럴 때 어떻게 할지를.

"……알았어. 그럼 가감 없이 들은 대로 말할게. 그럼 됐지?"

"응."

마음을 고쳐먹은 난 그의 바람대로 학교에 가면서 그날 나눴던 대화를 있는 그대로 전했다.

스바루에게 보고해야 한다고 계속 생각하고 있어서 그런지, 시간이 조금 지났어도 거의 그대로 전달할 수 있었다.

……하지만 솔직히 말해서 마음의 짐을 덜었다는 생각은 별로 들지 않았다.

"…………."

스바루는 이야기를 전부 들은 후 한마디도 하지 않았다.

가장 걸리는 부분은 역시 하세베가 마지막에 보인 반응일 테지.

스바루와 문제없냐는 내 물음에 그녀는 누가 봐도 수상할 정도로 어색한 반응을 보였다. 마치 무언가를 숨기려는 듯이.

스바루와 관련해서 뭔가가 있는 건 확실한데…… 솔직히 정황상 그리 좋은 쪽으로는 상상이 되지 않았다.

"……나 말이야, 알바 시작했잖아?"

"어? 어어, 응."

"그래도 내 나름대로 나나미랑 데이트할 시간은 피해서 스케줄 조정하고 그랬단 말이지."

스바루가 시작한 아르바이트는 음식 배달.

일하는 시간을 스스로 정할 수 있으니 확실히 스케줄은 조정하기 쉽다.

"나나미는 화요일, 금요일, 그리고 토요일에 알바를 하니까 그 날들을 피해서 데이트하곤 했거든. 그런데 요즘 뭐 때문인지 바쁘다는 이유로 거절하는 일이 많아졌어……."

어깨를 축 늘어트리는 스바루.

그 축 처진 모습에서 그가 지금 무슨 생각을 하고 있는지 어렴풋이 알 수 있었다.

"그, 그냥 기분 탓 아냐? 그 뭐냐…… 사람이 살다 보면 서로 타이밍이 안 맞을 때도 있잖아."

"근데 뭔가 숨기고 있는 느낌이었다며."

"아니, 그냥 별거 아닌 반응이었는데 내가 오해하고 잘못 말했을 수도 있지."

"네가 잘못했다거나 그런 말이 아냐. 아닌데…… 하아……."

스바루의 한숨은 내 가슴까지 먹먹해질 만큼 무거워서, 더는 어설픈 위로도 할 수가 없었다.

대학에 들어와 하세베와 만나고, 수차례 대시한 끝에 사귀게 되고.

그 모든 과정에서 스바루는 정말 행복해 보였다.

보는 내 인상이 찌푸려질 정도로. 배알이 뒤틀릴 정도로.

하세베도 마지못해 사귀는 느낌은 아니었다.

두 사람 다 항상 웃고 있었고, 즐거워했고…… 그 모습이 참 잘 어울려서 이별은커녕 서로 어긋나는 상황조차도 전혀 상상할 수 없었는데.

'잘 지내는 것처럼 보여도 그게 아무 일도 없다는 뜻은 아니라는 건가…….'

어쩐지 나까지 우울해졌다.

스바루가 걱정되기도 하지만, 한편으로는 마치 내 일인 양 감정이입이 됐기 때문이다.

그러나 아무리 그래도 나는 제삼자였다. 이 문제를 해결하기 위해서는 무엇보다 당사자인 스바루와 하세베의 의사가 중요했다.

지금 이 시점에서는 정말로 스바루의 생각이 지나친 건지, 아니면 오히려 더 근본적인 부분에서 문제가 있는 건지 판단을 내리기 힘들기도 하고.

'아무튼 지금 스바루는 평소와 달리 지나치게 비관적이야. 뭔가 다시 기운을 차릴 계기가 있으면 좋을 텐데.'

그런 생각을 하면서도 결국 나는 그냥 지켜볼 수밖에 없었다.

예상한 대로라고 할까, 우려한 대로라고 할까…… 스바루가 부탁한 일은 그렇게 찜찜한 뒷맛을 남긴 채 마무리가 되고 말았다.

◇◇◇

그 후로도 스바루와 하세베의 관계는 회복되지 않은 채, 그리고 내가 안고 있는 고민 역시 해결되지 않은 채 날짜만 흘러갔다.

유일하게 잘된 일을 하나 꼽자면 연초에 우르르 몰려 있는 시험과 리포트에 대한 걱정이 거의 사라졌다는 것 정도일까.

오늘을 끝으로 시험 범위와 리포트 과제가 모두 공개되었는데, 그동안 성실하게 강의를 들은 덕분에 크게 대비하지 않아도 될 것 같다는 계산이 섰다.

그런 의미에서는 마음이 조금 가벼워진 것 같기도 하다. 정말 조금이지만.

"후……."

강의가 끝난 뒤 강의가 아닌 다른 피로감으로 한숨을 내쉬면서 집에 갈 준비를 했다.

그런데 누군가 내 등을 툭 두드렸다.

"야, 시라기."

"왜, 오구로."

말을 건 사람은 나와 마찬가지로 경제학부 1학년생인 오구라 켄이치였다.

그는 풋살 동아리 소속이었는데, 나도 몇 번 같이 논 적이 있는 친구다.

"너 내일 시간 있냐?"

"내일? ……뭐야, 왠지 불길한데. 왜 묻는데?"

"에이, 그런 거 아니거든?"

호탕하게 웃으며 어깨를 탁탁 두드리는 오구라. 왠지 상당히 기분이 좋아 보인다.

스케줄상 내일은 알바도 없어서 딱히 할 일은 없었다. 그렇지만…… 내 촉이 뭔가 불길하다고 외치고 있단 말이지.

"먼저 용건부터 말해야지, 오구로. 시라기가 당황하잖아."

"어, 하시모토?"

"오늘 수업 듣느라 고생했다, 시라기."

오구로와 마찬가지로 같은 학부에 재학 중인 하시모토 토모야도 함께 와 있었다.

하시모토는 나처럼 동아리 활동을 하지 않고 남는 시간에 아르바이트를 하고 있다. 아마…… 주점에서 일한다 한 것 같은데.

두 사람이 함께 있는 게 이상하지는 않지만 어째서인지 경계심이 무럭무럭 자라났다.

"실은 내일 단체 미팅을 하거든."

"단체 미팅."

나는 앵무새처럼 하시모토의 말을 따라 했다.

단체 미팅이라면 그거다. 남녀가 몇 명씩 모여 놀면서 술도 마시는 모임. ……아니, 직접 참가해 본 적은 없으니 어디까지나 내 선입견이 들어간 이미지긴 하지만.

"실은 원래 가기로 했던 애가 몸 상태가 안 좋아져서 못 가는 바람에 인원이 부족하거든."

"그러니까…… 머릿수를 맞춰야 해서 나를?"

"표현이 좀 그렇기는 하지만 솔직히 말하면 응, 맞아."

하시모토는 민망한 듯이 웃으며 고개를 끄덕였다.

"시라기 너 여친 없잖아. 이제 곧 크리스마스니 지금이라도 열심히 움직여서 파트너를 만들자! 가 이번 미팅의 취지야!"

"어, 근데 오구로. 너 전에 풋살 동아리에 마음에 드는 애가 있다고 하지 않았어?"

"윽…… 그건……!"

"하하! 시라기, 너 상처 좀 후벼 팔 줄 아는데?"

오구로가 가슴을 움켜쥐며 괴로워하는 반응을 보인다.

그것만으로도 무슨 일이 있었는지 충분히 이해할 수 있었다.

이번 미팅은 오구로의 실연을 위로하는 자리라는 명분도 있는 모양이었다.

'다 알겠는데…… 난감하네.'

나에게는 이미 여자 친구가, 아카리가 있다.

솔직히 여자 친구가 있는 몸으로 그런 자리에 참가하는 건 매너가 아니지 않을까.

물론 두 사람이 잘못한 건 없었다.

나는 아직 여자 친구가 생긴 걸 두 사람에게 말하지 않았으니까.

'그렇다 해도 차인 지 얼마 안 된 오구로 앞에서 여친 있다고 말하기는 좀 그런데…….'

분명 질투 섞인 마음에 이것저것 캐물을 것이 뻔했다.

그러다 내년에 이 대학에 들어올 예정이라는 것을 알게 되면 온갖 것으로 놀리며 장난치겠지.

그건 내 입장에서도, 아카리 입장에서도 결코 좋은 일은 아니었다.

"실은 말이야."

내가 고민하고 있자, 하시모토가 머쓱해하며 말을 걸었다.

"내일 미팅을 내가 일하는 주점에서 하거든?"

"아, 그래?"

"그리고 여자 쪽 주최자가 같이 알바하는 동료인데."

"응."

"실은 내가 좀 노리는 중이야."

"아, 그, 그렇구나."

하지모토의 절실한 고백.

보아하니 이번 미팅을 성공시키고 자기 자신도 여자 측 주최자와 좋은 분위기가 되길 바라고 있는 모양이다.

절대로 이번 미팅을 실패하게 두지 않겠다는 간절한 마음이 고스란히 전해졌다.

'거절하기 힘든 이유가 또 하나 늘었다……!'

분명 내가 거절해도 쿨하게 또 다른 누군가를 찾아 떠날 것이다.

하지만 거절하려면 그에 합당한 이유가 필요했다. 아무런 이유도 없이 무턱대로 거절만 하면 그저 재수 없는 녀석으로 보일지도 몰랐다.

그렇다고 이 자리에서 여친이 있다고 밝히는 건 아무래도 좋은 선택지가 아닌 것 같고, 다른 그럴듯한 이유는…… 바로 떠오르지 않는다.

오구로도 하시모토도 내 친구다. 솔직히 두 사람 부탁이니까 들어주고 싶다. 하지만…….

'좀 생각해 본다 하고 시간을 벌어야 하나? 아니 그러면 다른 사람 찾을 시간을 뺏는 게 되고…….'

그렇게 무한히 반복되는 고민 지옥에 갇혀 버린 나.

그러던 중, 갑사기 정적을 깨며 한 남자가 끼어들었다.

"이야기는 잘 들었다!"

"어?"

"미야마에?!"

"너 언제부터 거기 있었어!"

"나 빼고 엄청 재밌는 얘기를 하고 있더라? 단체 미팅이라고?"

끼어든 사람은 스바루였다.

뭐가 그렇게 즐거운지 히죽히죽 웃고 있었다.

"뭔 상관이야. 여친도 있는 놈이……."

오구로가 마치 원수를 보듯이 눈을 흘기며 스바루를 바라봤다.

역시 여자 친구가 있는 사람은 선택지에서 제외했던 모양이다.

그러나 그런 시선을 받아도 스바루는 전혀 주눅 들지 않았다.

이 녀석, 설마……?!

"헤헤헤. 그런 건 잠시 잊어 줘. 나 미팅에 꼭 한번 참가해 보고 싶었거든."

"뭐야, 참가하겠다는 의욕이 아주 넘치는데? ……가만."

오구로는 뭔가 깨달았다는 듯이 턱에 손을 댔다.

"이미 여친이 있으면 실질적으로 라이벌이 한 명 줄어드는 셈이잖아…… 시라기를 넣는 위험성도 조금은 낮아질지도……."

……나를 넣는 위험성?

지금 뭔가 무서운 말이 들린 것 같은데 기분 탓인가?

"하시모토, 네 생각은 어때?"

"원래 4대4이기도 했고, 여기서 멤버가 정해진 거면 난 불만 없어."

"좋아, 이 멤버로 결정!!"

"결정했다고?!"

"그럼 두 사람 다 내일 잘 부탁한다!"

"그래!"

결국 스바루가 난입하면서 내일 단체 미팅이라는 일정이 생기고 말았다.

아니, 거절도 못 하고 질질 끈 건 나였으니 스바루를 원망하지는 않는데…… 그보다도 스바루의 상태가 더 신경이 쓰였다.

평소대로 돌아온 것 같긴 한데…….

그렇게 이야기가 일단락되자 오구로와 하시모토는 자리를 떠났다.

스바루와 단둘이 남겨진 나는 곧장 스바루에게 따져 물었다.

"너 대체 무슨 생각이야?"

"뭐가?"

"뭐냐니……."

"아니, 오구로와 하시모토를 도와주자는 거지. 생각해 봐, 그놈들이 목적을 달성하려면 우리처럼 경쟁 대상이 아닌 사람들이 같이 가는 게 좋잖아."

틀린 말은 아니었지만 그렇다고 바로 맞는 말이라고 수긍할 수도 없는 대답이었다.

"하세베하고는 이야기 좀 해 봤고?"

"그건……."

노골적으로 시선을 피하는 스바루.

이 노딥 새끼가 진짜…….

"미, 미팅을 갔다고 다 바람인 건 아니잖아! 그 뭐냐, 대체 어떤 분위기인지 살짝만 느껴 보고 싶었달까…… 이런 재밌는 이벤트도 오랜만이잖아."

어깨를 축 늘어트린 채 스바루가 속마음을 털어놓는다.

분명 흥미로운 단어가 들리자마자 다짜고짜 달려와 끼어들었겠지.

너무나도 스바루다운 행동이라 새삼 놀랍지는 않는데……

"게다가 너도 있으니까! 네가 앞에서 두 눈 부릅뜨고 지켜보는데 설마 내가 이상한 짓을 하겠냐? 너의 베프이자 형님인 내가!"

"뒤쪽은 너무 나갔고…… 하, 진짜……."

이제 와서 스바루를 탓해 봤자 의미 없다는 건 잘 알고 있다.

게다가 못 간다고 하기에는 늦은 것도 사실이다.

이렇게 된 이상 오구로와 하시모토, 그리고 스바루를 위해서라도 단체 미팅은 그냥 참가할 수밖에 없었다. 나도 처음 경험하는 거지만…… 휩쓸리지 않도록 정신을 바짝 차리자.

"아무튼 스바루. 미팅 다녀와서라도 꼭 하세베랑 대화 좀 해라."

"윽……."

"솔직히 말해서 네 답답한 마음을 해결할 방법은 그것뿐이라고 생각해."

"……알았어, 알았다고."

기분이 상했다는 듯이 입술을 삐죽거리면서도 스바루는 순순히 고개를 끄덕였다.

이 녀석도 알고는 있는 거다. 다만 결심이 서지 않았을 뿐.

이번 미팅을 좋은 기회라 생각하자. 조금이라도 기분이 좋아진다면 그만큼 기운도 나겠지.

'뭐, 하세베한테 들키면 끝장이겠지만…… 나도 여친이 있는 걸 알았으니 우리 둘 다 사이좋게 손절당하려나…….'

불현듯 그런 최악의 상황까지 머릿속에 떠올랐다.

어쩌면 나도 마음이 많이 약해진 것일지도 모른다.

그래서 아카리와의 일도 여태 답을 내리지 못하고 있는 걸지도.

'이번 일정이 나한테도 긍정적으로 생각할 계기가 될 수 있을까.'

그래, 긍정적으로 생각하자.

나는 아카리를 배신할 생각 따윈 전혀 없어. 그저 친구를 도울 뿐.

굳이 이유를 더 붙이자면 모르는 세계를 구경하고 싶다는 정도? 장소가 주점이라 하니 술은 먹지 않는다 해도 어쩐지 어른들의 세계를 체험하는 것 같아서 살짝 흥미가 생겼을 뿐이야.

긍정적으로. 긍정적으로.

주문처럼 계속 중얼거리다가 문득 깨달았다. 이렇게나 긍정적이 되고 싶어 하는 걸 보니 그동안 내가 참 부정적으로 생각하긴 했구나, 하고.

순간 막을 새도 없이 씁쓸한 헛웃음이 터져 나왔다.

◇◇◇

그렇게 시간은 흐르고…… 눈 깜짝할 사이에 다음 날이 되었다.

일단 가지고 있는 옷 중 가장 깔끔한 옷으로 갈아입은 뒤, 스바루와 만나 함께 약속 장소로 향했다. 역에서 5분 떨어진 곳에 약속 장소인 주점이 있었다.

평소에 자주 다니지 않는 골목이었는데, 이쪽은 회사원들이 많이 이용하는지 개인 가게부터 체인점까지 식당이 다양하게 있었다.

"나는 저녁 먹으러 자주 와."

스바루가 그렇게 말하며 으스댔다.

그래, 이 녀석은 외식을 사랑하니까 올 일이 많았겠지.

반면 나는 집에서 먹는 걸 선호했다. 얼마 전까지는 편의점 도시락으로 때우고, 최근에는 직접 요리해서 먹는 입장으로서는 이유 없는 외식은 쓸데없는 돈 낭비처럼 느껴졌다.

스바루와 이런저런 이야기를 하면서 가게 앞에서 기다리자 몇 분 지나지 않아 오구로와 하시모토가 나타났다.

"안녕, 시라기, 미야마에! 오늘 날씨 끝내준다!"

"갑자기 제안한 건데도 와 줘서 고마워."

오구로가 먼저 알은척을 하고 뒤이어 하시모토가 인사를 한다.

두 사람을 쓱 보는데, 오구로는 오늘의 주인공답게 어딘가 들뜬 것처럼 보였다.

오늘 반드시 여친을 만든다며 결의에 찬 표정을 짓다가도 여친이 생긴 뒤의 일이라도 상상하는지 갑자기 히죽거렸다.

나는 그런 그를 보며 어색하게 웃다가 불현듯 어제 들었던 말을 떠올렸다.

"그러고 보니 하시모토."

"응?"

"어제 오구로가 나를 넣는 위험성이라느니 한 거, 그거 무슨 뜻이야?"

"아, 그거……. 들으면 기분이 나빠질 수도 있는데."

"보통은 위험물 취급을 받은 시점에서 이미 기분은 상하지 않을까."

"아하하, 그도 그렇네."

내 가벼운 항의에 하시모토는 면목 없다는 듯 난처한 웃음을 터트렸다.

"시라기 네 스펙이 좀 좋아야지."

"뭐?"

"오구로 입장에서 보면 너무 강한 경쟁자는 피하고 싶었을 거야. 뭐, 주최자인 내 입장에서는 괜찮은 애 데려왔다고 평판이 올라갈 테니 나쁘지 않은 일이지만."

"아니, 무슨 그런 과대평가를……."

"뭐, 우리야 시라기가 연애 사업에 적극적이지 않은 거 알지. 그런 면에서 보면 아무것도 모르는 여자애들한테 조금 미안하긴 하네."

"아니……."

어쩐지 주위에서 나를 어떻게 바라보고 있는지 다시금 깨닫게 된 기분이 들었다.

나는 연애에 소극적이라기보다 그냥 눈치가 없어서 그쪽으로 생각이 못 미쳤을 뿐이었다. 여자 친구를 사귄 지금…… 아니, 좋아하는 사람이 생긴 이후로는 쭉 그녀에게 향한 마음을 어쩌지 못하고 휘둘리고만 있건만…….

"아, 아무튼 오늘은 하시모토랑 오구로가 좋은 결과를 얻게끔 지켜만 볼게."

"뭘 또 그래. 시라기도 괜찮은 애 있으면 한번 대시해 봐."

"아, 응. 그럴게."

여친이 있는 걸 숨기고 있는 나로서는 그저 어중간하게 대답할 수밖에 없었다.

"좋아. 슬슬 안에 들어가자. 여자애들은 좀 이따 온다니가 우리끼리 먼저 작전 회의 하고 있자."

하시모토의 지휘에 따라 우리는 가게 안으로 들어갔다.

주점에는 처음 와 보는지라 다소 긴장한 나와 달리 여기서 아르바이트를 하는 하시모토는 마치 제집처럼 거침없이 걸음을 옮겼다.

처음부터 자리는 정해져 있었는지 우리는 가게 안쪽에 있는 룸으로 안내를 받았다.

여덟 명에서 열 명 정도 앉을 수 있는 긴 테이블이 놓여 있으며, 그 아래로는 다리를 뻗을 수 있게 구멍이 파여 있는 구조의 단체룸이었다.

"오~! 분위기 좋은데?!"

"오늘은 예약도 없었고 돈도 제대로 낸다고 하니까 빌려줬어. 원래 미성년자끼리만 오면 룸은 안 내주거든."

의기양양하게 가슴을 펴는 하시모토.

이게 바로 직원 혜택이라는 건가?

나도 큰아버지한테 '무스비'에서 이런 걸 하고 싶다 하면 빌려주실지도…… 아니다, 안 되겠다. 십중팔구 유아 누나한테 놀림당하고 끝날 거야. 여러 의미로.

“자리는 안쪽부터 나, 오구로…… 시라기랑 미야마에, 너희 둘 중 누가 가운데 앉을래?”

“보자…… 내가 그냥 맨 끝에 앉을게! 분위기 메이커 노릇을 해야 하니까!”

왜 분위기 메이커가 맨 끝자리에 앉아야 하지……? 뭐, 맨 끝에 앉아야 전체를 볼 수 있어서 그런가?

개인적으로 끝자리가 조용할 거 같아서 고르려 했지만 꼭 앉아야겠다고 항의할 정도는 또 아니어서 그대로 자리는 확정되었다.

스바루가 이렇게 신나 하는데 굳이 찬물을 끼얹고 싶지도 않고.

“근데 하시모토, 저쪽 애들은 어떤 분위기야?”

자리에 앉아마자 더는 못 기다린다는 듯이 오구로가 질문을 했다.

“아, 저쪽 주최자가 문학부의 시노하라라는 앤데, 그 애 지인들이라 했어.”

“오~ 얌전하고 차분한 애들뿐이겠네~.”

“뭐냐, 그 선입견은…….”

오구로는 이미 머릿속이 핑크빛으로 물든 모양이다. 고등학생 때의 스바루도 이렇게까지 심하지는 않았던 것 같다.

“뭐가 됐든 나는 오늘 무조건 여친을 만들어서 최고의 크리스마스를 보낼 거야……!”

그렇게 다시 한번 의욕을 불태우는 오구로.

대학생에게 ‘크리스마스를 연인과 함께 보낸다’는 건 그 정도로 중대한 사안인 걸까.

"크리스마스…… 그러고 보니 모토무."

"응?"

스바루가 작게 귓속말을 해 왔다.

"너 아카리랑 크리스마스 어떻게 할 거냐?"

"콜록!!"

생각지도 못한 타이밍에, 그것도 스바루가 물은 탓에 엄청나게 동요하고 말았다.

"지금 그걸 왜 물어……!"

"응? 아니, 그냥 궁금해서. 아, 맞다. 비밀이지 참."

당연한 일이지만 스바루에게도 내년에 입학할 아카리를 생각해서 나와 연애 중이라는 사실은 비밀로 해 달라고 말해 놓은 상태였다.

이렇게 입단속을 하지 않으면 지금쯤 나를 모르는 사람들한테까지 다 퍼졌을 테니까.

"뭐야. 뭐가 비밀인데?"

"어어, 아무것도 아냐!"

슬쩍 들렸던 것일까. 오구로의 질문에 나는 황급히 얼버무렸다.

제일 중요한 부분은 못 들은 것 같아서 그 점은 안심이었다.

'스바루 녀석, 벌써 다 털어내고 회복한 건가?'

생각해 보면 아무리 우울한 일이 있어도 아무런 예고도 없이 갑자기 원래 모습으로 돌아오는 게 이 미야마에 스바루라는 남자였다.

내용이 내용인지라 내 일처럼 걱정했는데…… 굳이 그럴 필요는 없었던 걸까.

'아냐, 기운을 차렸다면 그냥 솔직하게 기뻐해 주자. 뭐, 귀찮게 엮기거나 그러면 곤란하긴 하겠지만 말이야.'

스바루 얘기에 하세베가 왜 그런 태도를 보였는지 아직 밝혀진 건 없지만, 스바루가 회복했다면 본인이 알아서 어떻게든 할 거다. 아니, 하게 만들 거다.

이제 남은 건 무사히 이 미팅을 끝마치는 것뿐.

"오, 여자애들도 다 모여서 이제 온대."

"으아! 긴장된다!"

"나도!"

하시모토의 말에 눈에 띄게 긴장하는 오구로와 스바루.

이제는 입 꾹 다물고 있자. 힘내라, 분위기 메이커.

그리고 몇 분 지나지 않아,

"많이 기다렸지~!"

여자애들이 룸으로 들어왔다. 맨 앞에 있는 애가 저쪽 주최자인 듯했다.

"휘익~! 휘익~!"

"어서 와, 어서 와!"

스바루가 분위기를 띄우고 오구로가 박수를 친다.

그렇구나. 이게 미팅이구나.

나는 차례차례 들어오는 여자애들을 보면서 그렇게 감탄하다가 ——

"……어?"

마지막에 들어온 여학생을 보고 그만 숨을 멈추고 말았다.

아니, 나뿐만이 아니다.

하시모토도, 오구로도, 그리고 스바루도.

그리고 그 여학생도.

그녀는 눈을 동그랗게 뜬 채 내 옆에 있는 스바루를 보며 그대로 굳었다.

그리고 그 시선을 받은 스바루는…… 새파랗게 질린 얼굴로 미동도 하지 않았다.

"왜 그래, 나나미?"

옆에 있던 여학생이 그녀에게 말을 건다.

화들짝 놀란 나나미는 황급히 웃으며 '아무것도 아니야' 하고 대답하더니, 여자 측 맨 끝자리, 스바루의 맞은편에 앉았다.

'최악이다…….'

나는 그렇게 생각하지 않을 수 없었다.

스바루는 오늘 미팅에서 기력을 충전하고 하세베와 관계를 회복하려고 했다.

잘 풀려 가고 있었는데……!

'설마 미팅에 하세베가 오다니……!'

최악에 최악이 덮친 현실.

아무래도 지옥은 아직 우리를 놓아주지 않은 모양이다.

◇◇◇

미팅이 시작된 지 30분 정도가 지나고…… 모임은 놀랄 만큼 순조롭게 진행됐다.

처음에는 하세베의 등장에 놀란 오구로와 하시모토도 싸울 분위기는 아닌 걸 느끼고 두 사람의 일은 나중으로 미루자 생각했는지, 바로 미팅을 진행하는 데 집중했다.

여자애들 쪽은 하세베와 스바루가 사귀고 있는 걸 아예 모르는 눈치였다.

뭐, 우리가 알고 있는 건 스바루가 경제학부 애들에게 자랑하고 다녔기 때문이고…… 하세베가 말하고 다니지 않았다면 다른 학부 애들이 모르는 것도 어찌 보면 당연한 일이려나.

각자 자기소개를 마치고 참가자들은 근처에 앉은 사람들끼리 잡담을 나눴다.

생각보다 대화가 잘 이어지고 있어서 미팅이라기보다 뒤풀이나 회식 같은, 그런 화기애애한 분위기가 형성됐다.

그러나 한편――

"…………."

"…………."

테이블 끝, 서로 마주 보고 앉은 스바루와 하세베 사이에서는 싸늘하게 식다 못해 냉랭한 공기가 흐르고 있었다.

서로 대화는 하지 않지만 누가 말을 걸면 맞장구는 치는 정도.

언뜻 보면 스바루는 몸 상태가 안 좋은 것처럼 보였다. 하세베는 무슨 생각을 하는지 알 수 없었지만, 때때로 이쪽으로 던지는 시선이 무섭기 그지없었다.

"시라기?"

"어? 아, 음…… 오가키? 왜?"

솔직히 나도 스바루처럼 시무룩한 표정을 짓고 싶었지만 그럴 수가 없었다.

이유……라고 하면 좀 그렇지만 내 앞에 앉은 여학생, 오가키 쇼코가 자꾸 말을 걸어 왔기 때문이다.

사전에 하시모토에게 들은 대로 오가키는 세이오 학원 문학부 학생이며, 하세베를 데리고 온 것도 그녀였다.

그렇지만 학교에서 같이 다닐 정도로 아주 친한 건 아니고 알바하는 곳이 같다나.

어디까지나 자기소개 때 말한 내용이라 하세베에게 남자 친구가 있다는 사실을 아는지는 모르겠으나 그 상대가 스바루라는 건…… 이 분위기로 봐서는 눈치채지 못했을 것이다.

"아까부터 별로 말이 없던데 혹시 어디 아파?"

"아니, 그런 건 아냐."

"다행이다. 아니, 사나에가 오라고 해서 처음으로 이런 자리에 와 보긴 했는데 내 이야기가 재미없나 싶어서."

"아냐. 전혀 안 그래. 오히려 내가 말을 잘 못하는 편이지."

아직 혼란스러운 건 사실이지만 걱정을 끼쳤다면 그건 내 잘못이 맞았다.

참고로 사나에는 여자 쪽 주최자인 시노하라 사나에다.

그리고 또 다른 참가자 한 명은 모테기 하나라고 하는데, 모두 문학부 동기였다.

시노하라에게는 하시모토가, 모테기에게는 오구로가 적극적으로 말을 걸고 있어서 필연적으로 오가키가 붕 뜬 상태가 되어 버렸다.

뭐, 그렇기 때문에 나에게 말을 건 거겠지.

"그러고 보니 나 캠퍼스에서 시라기를 본 적 있어."

"응? 진짜? 내가 뭐 눈에 띌 만한 짓을 했던가……."

"아냐, 나쁜 의미가 아니라! 지나가다 슬쩍 봤을 뿐이야!"

오가키가 황급히 부정을 했다.

"아, 미안. 나 지금 엄청 부정적인 사람 같았네."

그런 오가키에게 나도 얼른 사과했다.

원래도 긍정적인 성격은 아니라 생각했지만, 그렇다 해도 요즘의 나는 너무 비굴한 것 같았다. 아니 뭐, 확실히 여러 가지가 겹쳐지긴 했지만.

이러면 오가키가 너무 짠한데. 뭔가 잡담을, 잡담을……!

"오가키도 아르바이트한다 했지?"

"응, 1인 가구라서 말이야~ ……근데 '도'라니, 혹시 시라기도?"

"카페에서 알바하고 있어."

"와아! 있어 보인다!"

"이, 있어 보인다고?"

"세련되고 멋지다는 뜻이야! 나는 의류 매장에서 점원으로 일하고 있어."

"오…… 그쪽이 더 세련되고 멋진데?"

"뭐, 방향이 다르니까."

오가키는 그렇게 말하며 즐거운 듯이 웃었다.

왠지 대화하기 편한 사람이었다. 표정이 수시로 변하고 성격도 밝고. 남녀 사이의 벽을 느끼게 하지 않았다.

"카페는 역 앞에 있는 카페야?"

"아니. 유명한 곳은 아니고 큰아버지가 하시는 개인 카페야."

"오, 그렇구나~."

"오가키가 일하는 곳은 어딘데? 아, 나 너무 앵무새 같았나?"

"아하하, 일본에서 가장 유명한 의류 전문점입니다~."

일본에서 가장 유명하다는 말에 유명한 빨간색 로고 디자인이 머릿속에 떠올랐다.

그러고 보니 하세베에게도 들었던 것 같네.

"그리고 아까 자기소개 할 때에도 말했지만 나나미와 같이 일하고 있어. 그렇지, 나나밍?"

"응."

이야기를 다 듣고 있었는지 하세베가 빙긋 웃는다.

너무나도 눈부신 억지 미소…… 솔직히 무섭다는 생각밖에 안 든다.

"어라? 근데 나나밍, 말이 별로 없……는 게 문제가 아니라 왜 아무것도 안 먹어?"

"아하하…… 배가 별로 안 고파서."

"그렇구나. 미안해, 갑자기 오자 해서."

"으응, 아니야. 괜찮아. 신경 쓰지 마."

두 사람은 그런 의미심장한 대화를 주고받았다.

그러는 동안에도 스바루는 마음이 여기에 없다는 듯이 그저 눈앞의 음식을 젓가락으로 집어 입에 넣기만 했다. 말없이 그러고 있는 모습이 마치 기계 같았다.

이게 자칭 분위기 메이커의 처참한 말로인가…….

"어? 그 이름이…… 미야마에였나? 기운이 없어 보이는데 괜찮아?”

“어어……?”

“아니, 이 녀석은 좀 안 좋은 일이 있었나 봐! 그렇게 신경 쓰지 않아도 돼! 금방 회복할 거야.”

“그래?”

오가키는 일부러 스바루에게도 말을 걸어 줬지만 지금의 스바루에게는 그 배려가 기껍지 않을 것이다.

오히려 하세베 앞에서 괜히 자극하지 않는 편이 좋을 것 같기도

.

“아, 맞다. 오가키, 요즘 관심사가 뭐야?”

“응? 관심사? 뭐야~ 시라기, 나한테 궁금한 게 많나 보네~?”

“아니…… 으, 응, 맞아. 모처럼 이렇게 만났으니 오가키 얘기를 듣고 싶어서.”

아쉽게도 나는 이럴 때 발휘할 만한 토크 능력이 없었다.

다행히 오가키는 좋은 의미로 잘 떠드는 성격이었고.

어설프게 말을 돌렸음에도 그녀는 흔쾌히 받아주며 나도 같이 대화하기 편하게 ‘최근 빠져 있는 만화’에 대해 이야기하기 시작했다.

주점에서 남녀가 모여 이야기하기에는 지나치게 가벼운 주제였을지도 모르지만, 막 대학생이 돼서 아직 술도 먹지 못하는 우리에게는 딱 적당한 주제였다.

처음에는 나와 오가키만 만화에 대해 이야기를 주고받았으나 잠시 후 오구로와 모테기가 참전하고, 또 하시모토와 시노하라가 끼어들었다. 그리고 조금이긴 하지만 스바루와 하세베도 대화에

참여하면서 이윽고 만화 이야기는 이 모임 전체를 지배하기에 이르렀다.

하시모토와 오구로는 단체 미팅답게 '왕 게임' 같은 것도 계획했던 듯하지만…… 이미 분위기가 좋고, 무엇보다 랜덤성이 높아서 스바루, 하세베라는 지뢰를 밟아 버릴 위험이 높다고 판단했는지 단념한 모양이었다.

그래, 게임이라 해도 연인 앞에서 다른 이성과 꽁냥꽁냥 하는 상황을 제 손으로 만들고 싶지 않았겠지…….

그나마 브레이크가 걸렸으니 불행 중 다행이라고나 할까. 실수로 쓰러트린 도미노가 중간에 끊겨서 전부 무너지는 건 면한 느낌이고…… 뭐가 됐든 다행이라 생각하고 싶었다.

◇◇◇

"하…… 한 10년은 늙은 것 같다……."

분위기가 무르익고 안정된 것을 확인한 뒤 나는 잠시 화장실에 다녀온다는 명목으로 자리를 벗어났다.

드디어 한숨 좀 돌리겠네. ……뭐, 특별히 뭔가 의욕적으로 한 건 아니지만 내내 긴장하느라 숨이 막힐 지경이었으니 잠깐 정도는 쉬게 놔뒀으면 좋겠다.

"아, 시라기."

"오가키?"

아주 짧은 휴식을 마치고 화장실에서 나오니 오가키가 서 있었다.

그녀도 화장실……을 왔다는 느낌이 아니었다. 아무래도 나를 기다리고 있었던 것 같았다.

"아까는 고생했어~."

"어?"

"뭔가 엄청 신경 쓰는 기색이던데…… 시라기, 혹시 겉으로 다 드러나는 타입이라는 말 못 들어 봤어?"

재밌다는 듯이 싱글싱글 웃으며 말하는 오가키.

상체를 살짝 숙인 채 눈을 치뜨고 내 안색을 살피는 그 모습이…… 어쩐지 놀리고 있는 것 같았다.

"뭐, 들은 것 같기도 하고, 못 들은 거 같기도 하고……."

"그럼 이번에는 들은 걸로 계산해 줘. 뭐…… 이렇게 말하는 건 좀 불공평하려나? 시라기만 겉으로 드러낸 건 아니니까."

오가키는 그렇게 말하며 쓴웃음을 짓더니 시선을 돌렸다.

그 시선 끝에 있는 건 우리가 빌린 개별 룸…… 아무래도 그녀 역시 눈치를 챈 모양이다.

"오늘 나나밍을 부른 거 나야. 남자 친구가 있다는 건 알고 있었지만 막판에 사람이 부족해져서 말이야~. 빠진 애도 내가 끼워 넣은 애였어서 대타도 내가 구해야겠다 싶었어. 뭐, 들러리 역할이라고나 할까?"

세상에…… 하세베도 스바루와 같은 이유로 이 단체 미팅에 참가했을 줄이야.

아니다, 잘 생각해 보면 그 외에 다른 이유는 떠오르지 않을 만큼 지극히 타당한 참가 이유였다.

"나나밍의 태도를 보아 하니 아마 미야마에가 나나밍의…… 맞지?"

함부로 말해도 되는지 잠깐 고민했지만 상황상 나는 고개를 끄덕일 수밖에 없었다.

"우리 쪽도 사정은 같아. 하시모토랑 오구로에게 갑자기 빈자리가 생겼으니 메워 달라고 부탁을 받았거든."

"뭐라 해야 하나…… 세상 참 좁네. 아무리 같은 대학이라고 해도……."

오가키는 한숨을 쉬며 어깨를 으쓱했다.

어이가 없다는 것 같기도 하고, 반성하는 것 같기도 하고…… 그러나 한편으로는 어딘가 모르게 재밌어 하는 것처럼도 보였다.

"너는 나나밍하고도 미야마에하고도 친구인 거지?"

"맞아. 애당초 나랑 하세베가 같은 수업을 들은 게 계기가 되어……."

나도 모르게 말을 너무 많이 해 버렸다.

이상한 일에 끌어들였다고 오가키에게 미안한 마음을 품고 있었는데, 실은 동지인 걸 알고 마음을 놓았기 때문일지도 모른다.

"그랬구나……."

오가키는 진진한 표정으로 고개를 몇 번 끄덕였다.

그러더니 느닷없이 내 손을 꽉 잡았다.

"어?!"

"역시 너밖에 없어, 시라기!"

"뭐, 뭐가……?!"

갑작스럽게 여자에게 손을 잡히면 누구라도 놀라고 심장이 쿵쾅거릴 것이다.

상태 이상에 걸린 나에게 오가키는 더 가까이 다가오더니 눈을 똑바로 맞춰 왔다.

"그 두 사람을 수습해 주는 거야!"

"수습……."

"그래. 두 사람 관계에 금이 가지 않도록 말이야!"

오가키는 기대에 차 반짝이는 눈동자로 나를 바라봤다.

기대. 즉 나에게 전부 떠넘기려고 하고 있다!

"아니, 내가 하고 싶어도 나는 미야마에와 아는 사이가 아니잖아. 이런 건 두 사람이랑 모두 친하고 양쪽 사정을 잘 알고 있는 사람이 중재해 주는 게 한쪽으로 치우치지도 않고 좋다고 생각해."

마치 내 마음을 읽은 것처럼 타당한 이유를 늘어놓는다.

물론 납득은 간다…… 가지만, 묘하게 그녀가 하세베를 미팅에 부른 책임까지 내가 떠안는 느낌이 들었다.

"……당연히 그럴 생각이야."

그렇지만 내 대답은 정해져 있었다.

오가키가 굳이 말하지 않아도 이 지경까지 왔으면 끝까지 개입해야 한다고 생각하고 있었으니까.

"다행이다. 이걸로 안심이야! 아, 그렇지, 참."

오가키는 빙긋 웃으며 스마트폰을 꺼냈다.

"일단 연락처는 교환하자. 무슨 일이 생겼을 때 도움이 될지도 모르니까!"

"그래."

딱히 거절할 이유도 없었기에 나는 고개를 끄덕이며 오가키와 전화번호를 교환했다.

웬만하면 연락할 일이 없기를 바라면서…… 하지만 이 부분은 스바루와 하세베에게 달린 문제니 뭐…….

이것만큼은 부디, 제발 잘되기만을 바랄 수밖에 없었다.

◇◇◇

그렇게 해서 파란이 일 줄 알았던 단체 미팅은 무탈하게 끝을 맞이했다.

결국 그냥 밥만 먹는 자리였던 것 같지만, 남자 쪽은 한 명을 제외하면 비교적 만족스러워했다.

이건 나중에 알게 된 이야기지만 이번 미팅에서 하시모토는 시노하라와 데이트 약속을 잡았고, 오구로도 목표로 했던 모테기와 연락처 교환에 성공했다고 한다.

솔직히 잘됐다는 생각이 들었다. 분위기가 최악이라 아무 성과 없이 끝났다고 하면 씁쓸했을 테니까.

무엇보다 스바루와 하세베라는 지뢰도 터지지 않았고…… 뭐, 이 이후에 내가 직접 밟으러 갈 거지만.

"2차 갈 사람!"

하시모토가 2차로 노래방에 갈 사람을 모집하는 와중, 미리 거절해 두었던 나는 문제의 두 사람 손을 잡고 그 자리를 떠났다.

"야, 야! 잠깐만, 모토무!"

"시라기……."

스바루는 당황한 듯이, 하세베는 체념한 듯이 나를 불렀다.

밤이 되면서 사람이 많아진 거리를 빠져나와 몇 분 더 걷자 마침내 인적이 없는 곳이 나왔다.

마침 적당한 위치에 작은 공원이 있기에 두 사람을 그곳으로 데려가 벤치에 앉혔다.

처음에는 어디 카페에라도 갈까 싶었지만, 대화하다 분위기가 살벌해지면 골치가 아플 것 같기에 차라리 밖에서 해결하게 하자는 게 내 생각이었다.

어쨌든 두 사람을 남겨 두고 나는 자판기로 가 녹차 음료 두 병을 샀다.

그사이에 도망칠 수도 있겠다 싶었지만 두 사람 모두 얌전히 기다리고 있었다…… 대화는 한마디도 나누지 않은 것 같지만.

"자, 여기."

"……고맙다."

"……고마워."

둘 다 음료를 받으면서도 서로의 얼굴은 쳐다보려고도 하지 않는다.

그렇게 아이처럼 토라진 두 사람을 보고 있자니…… 짜증이 난다거나 기가 막힌다는 감정이 아니라 허탈함이 밀려왔다.

나에게 두 사람은 좋은 커플의 본보기였다.

스바루의 마음이 더 컸던 건 맞지만 하세베도 그런 스바루를 받아들이고 연인으로서 사랑했다는 건 곁에서 지켜본 나도 알 수 있었다.

나에게 여자 친구가 생긴 뒤로는 더더욱…… 그렇기에 눈앞의 두 사람이 이렇게 된 것이 허무했다.

“…………”

“…………”

좀처럼 말을 하지 않는 두 사람. 그저 시간만 계속해서 흘러갔다.

그런 분위기 속에서 드디어 먼저 입을 연 사람은…….

“저기…… 내 얘기 좀 해도 될까?”

나였다.

두 사람의 시선이 동시에 나를 향한다.

사실은 무슨 생각이 있어서 말을 꺼낸 건 아니었다.

하지만 정체된 분위기를 바꾸고 싶었다.

그 공기 속에 있는 두 사람을 보고만 있을 수 없었다.

“내가 얘기했었지? 여자 친구가 생겼다고.”

그래서 결말도 생각하지 않고서 무작정 이야기를 시작했다.

나는 혼자서 주절주절 잘 떠드는 스타일은 아니었다. 얘기할 거리도 그렇게 많지 않았다.

그렇지만 이거라면…… 지금 이 분위기를 풀어줄 가능성도 없지는 않았다.

“뭐라고 할까…… 지금처럼 누군가를 좋아하게 되고 사귀게 되는 일은 여태껏 없던 일이거든. 처음 겪는 일들뿐이라 뭔가 있을 때마다 족족 걸음을 멈추고 고민하게 된달까…….”

말을 하면 할수록 스스로도 무슨 말을 하고 싶은지 알 수 없는 이야기가 쏟아져 나왔다.

하지만 두 사람은 아무런 말도 하지 않은 채 진지한 눈으로 나를 바라보고 있었다.

“알다시피 지금 장거리 연애 중이라서 말이야. 저쪽도 바빠서 연락을 잘 못 하니까…… 그래서 불안해질 때도 있어.”

이대로 모르는 사이에 아카리의 마음이 변해 버리기라도 하는 건 아닐까 하는 불안.

나는 스스로에게 자신이 없다. 그래서 아카리가 나를 좋아해 주는 게 기적처럼 느껴졌다. 아카리는 매력적인 여성이라 그 애를 좋아하는 사람이 많다는 것도 잘 알고 있었고.

“전에 그 애가 내가 모르는 사람들과 잘 지내는 모습을 본 적이 있어. 당연하다는 마음도 있었지만 동시에 질투도 나더라. 내가 모르는 그 애를 알고 있는 사람들에게 멋대로 질투하고 멋대로 불안해하고…… 왜 나는 그 아이에 대해 아는 게 없나 하는 생각도 들고.”

생각한 것을 그대로 입 밖으로 토해 낸다. 굉장히 부끄러운 말을, 그것도 하필이면 여자 친구의 오빠에게 하는 중이지만 여기까지 온 이상 멈출 수 없었다.

“근데 말이지, 용기 내서 그 마음을 전했더니 그 애도 나랑 같은 마음이었더라? 그렇게 꾹꾹 눌러 뒀던 마음을 터놓고 나니 서로에 대한 이해가 깊어졌다고나 할까.”

나는 떠오른 생각을 바로바로 말로 내뱉었다.

문화제에 놀러 갔다 돌아가는 길에 아카리와 단둘이 공원에서 나눴던 대화.

그걸 떠올리며 두 사람에게 말하고 있는데, 문득 그와 동시에 나 자신에게도 들려주고 있다는 느낌이 들었다.

어쩐지 내 안에 짙게 낀 안개도 걷혀 가는 듯한――

"음…… 그러니까 하고 싶은 말이 뭐냐면, 그렇게 입 꾹 다물고 끙끙대 봤자 마음은 후련해지지 않는다는 거야. 물론 서로 왜 그런 곳에 있었나 싶을 테니 쉽게 풀릴 문제가 아니겠지만……."

결국 내가 하고 있는 건 그저 쓸데없는 참견일 뿐이었다.

스바루가 어떤 마음을 가지고 있는지는 어느 정도 이해하지만, 하세베가 스바루에게 어떤 감정을 가지고 있는지는 명확히 알 수 없었다.

하지만…… 그렇기 때문에 계속해서 본심을 숨길 것이 아니라 솔직하게 터놔야 한다는 생각이 들었다.

어쩌면 지금보다 더 나쁜 결과로 이어져 버릴지도 모르지만 분명 이 두 사람이라면 극복할 수 있을 테니까.

"…………."

스바루는 고개를 숙인 채 가만히 있다가 몇 번 고개를 끄덕이더니, 결심을 굳힌 듯 하세베 쪽으로 몸을 돌려――

"그…… 미안해, 나나미!!"

머리를 푹 숙였다.

"나나미랑 사귀고 있는데 미팅 같은 데 나가서…… 정말 미안해."

"그건 나도……!"

스바루가 사과하자 엉겁결에 하세베도 머리를 숙였다.

그러고 나서 바로 서로 미팅에 참가한 이유를 이야기했고, 둘 다 같은 이유――참여하지 못한 사람 대신 대타로 나왔다는 것을 알게 되었다.

"그랬구나……."

스바루는 안도했다는 듯이 한숨을 내쉬었다.

"아니, 그게, 나나미가 무슨 의도를 가지고 참여하려 했다고 생각한 건 아니야! 그냥, 뭔가 짐작도 못할 심각한 이유가 있었나 싶어서……."

스바루는 허둥지둥 변명을 덧붙이다가 갑자기 내 쪽을 보더니 한숨을 푹 쉬었다.

그러더니 마음을 고쳐먹었는지 진지한 표정을 지었다.

"미안…… 그게 다는 아니야."

스바루는 머쓱한 듯이, 그러면서도 하세베의 눈을 똑바로 보며 말했다.

"나 말이야, 나나미를 의심했어. 요즘 잘 만나지도 못하고 연락도 잘 안 돼서 혹시나 하고……."

"뭐……?"

"정말 찌질하지? 나도 내가 왜 이렇게 쉽게 불안해지는지 모르겠어…… 하지만 만약 나나미한테 정 떨어지는 짓을 했으면 어떡하지 하는 생각이 드니까 직접 묻기도 무서워서…… 그래서 모토무한테 슬쩍 물어봐 달라고나 하고……."

그렇게 참회하는 말하는 스바루는 힘이 없고, 평소보다 몇 배는 작아 보였다.

그런 스바루의 이야기를 들으면서 하세베는 가만히 고개를 숙이고 있었다.

"그렇구나…… 그때 시라기가 요즘 우리 어떠냐고 물은 건 스바루가 시켜서 그랬던 거구나."

"미, 미안해."

"아냐. 사실 스바루를 피하고 있던 것도 맞으니까."

하세베는 미안해하면서도 '피하고 있었다'고 분명하게 말했다.

잘못 들을 수 없는 거리라 스바루의 얼굴이 충격으로 물들었다.

"피했다니…… 왜, 왜?"

"그…… 말하지 않으면 안 되……겠지?"

"말할 수 없다면 말하지 않아도 돼. 하지만 그러면 나는 분명 안 좋은 상상밖에 못 할 거 같아……."

그렇게 말하는 스바루의 목소리는 울먹이고 있었다.

심정은 이해한다. 아플 만큼 공감한다.

만약 나였으면 하고 생각하니…… 오히려 평정심을 유지하려고 아주 잘 버티고 있다는 생각까지 들었다.

그리고 그런 스바루에게 하세베는 체념한 듯이 이야기를 시작했다.

"……실은 나 알바를 늘렸어."

"어? 왜, 왜?"

"그게…… 스바루도 알바 시작했잖아."

"아, 응."

"스바루는 굉장히 기쁘게 말해 줬지만 그걸 들으면서 나는 '다른 사람도 아니고 스바루가 알바를?'이라는 의문이 들었어. 그러다 혹시 크리스마스 선물 때문인가 싶은 생각이 들었고."

"어어?!"

깜짝 놀래 주려 했는데 너무나도 쉽게 다 들켰다는 사실에 경악하는 스바루.

뭐, 갑자기 아르바이트를 시작했다고 당당하게 보고하면 눈치채는 게 당연하겠지…… 이건 스바루가 잘못했네.

"그래서 만약 스바루가 크리스마스 선물을 준비 중이라면 나도 준비해야겠다고 생각했어……."

"……뭐?"

멍청한 얼굴로 스바루가 되묻는다.

그 반응에 하세베는 화르륵 타는 소리가 들릴 만큼 얼굴을 새빨갛게 물들였다.

"나, 나나미가 나에게 크리스마스 선물을?! 으으, 나 너무 기뻐……!"

"이, 이래서 서프라이즈였는데……."

"아, 아니 근데 그게 왜 나를 피한 이유가 되는 거야?"

"그야 같이 있으면 말하고 싶어지니까……!"

하세베의 변명은 뭐랄까, 정말 귀엽기 그지없었다.

그녀는 남자 친구에게 크리스마스 선물을 주는 게 처음이라 엄청 긴장하면서도 설레는 마음을 주체하지 못했다고 한다.

스바루에게 선물을 받을 거 같다는 기쁨도 더해져서 얼굴을 마주하면 저도 모르게 입꼬리가 올라갈 것 같아 필사적으로 참았던 모양이다.

그러다 서프라이즈 이벤트를 들키지 않으려면 얼굴을 안 마주치는 게 최고라는 것을 깨달았다고.

그래서 데이트하자고 해도 은근슬쩍 거절하고 알바로 착실히 돈을 모았다고 한다. 크리스마스 당일에 최고로 기쁘게 만들어 주고 싶어서.

그런 적나라한 고백이 끝난 후 주위에는 또다시 침묵이 내려앉았다.

스바루는 자신이 상상했던 최악의 상황과 지금 상황의 극명한 온도차에 여전히 정신을 차리지 못하는 것 같았다.

그리고 나는…… 왠지 모르게 이 자리에 있는 것 자체가 엄청난 민폐처럼 느껴졌다.

완벽한 제삼자인 주제에 분위기 파악 못 하고 낄 데 못 낄 데 구분 못 하는 사람이 된 것 같아서——

"저, 정리하자면 스바루의 걱정은 전부 오해였다는 거네! 미팅도 해프닝이었을 뿐이고!"

나는 무대에 선 진행자처럼 일단 분위기를 한 번 정리하고 나머지는 두 사람에게 맡긴 채 자리를 뜨려 했다.

결국 내가 생각한 대로 두 사람은 참 잘 어울리는 커플이었다.

이 이상은 보는 쪽도 보이는 쪽도 모두 힘든 법.

어쨌든 연말 내내 나를 괴롭혔던 문제 중 하나가 최고의 해피엔딩으로 마무리되어서 나도 더할 나위 없이 만족스러웠다.

"미안하다, 모토무. 여러모로 민폐만 끼쳐서……."

"뭐래. 네가 지금 사과해야 할 사람은 내가 아니잖아."

"으, 그렇지…… 미안해, 나나미."

"아냐, 나야말로 미안해. 내 생각만 하느라 스바루가 어떻게 생각할지 전혀 고려하지 못했어."

이걸로 이제 스바루도 괜히 초조해하지 않고 하세베도 스바루와 관련한 일로 수상하게 행동하지 않겠지.

그 덕분에 크리스마스 서프라이즈는 망쳤지만 결과만 놓고 보자면 그게 훨씬 나았다.

"그럼 이제 젊디젊은 두 분끼리 천천히 즐기다 가세요."

문제가 해결되는 것을 끝까지 지켜본 나는 그렇게 조금 익살스럽게 말하고 그 자리를 떠났다.

뒤에서 스바루가 "야, 야!" 하고 부르는 소리가 들렸지만, 진짜로 붙잡는 것이 아니라 괜히 쑥스러워서 불렀다는 것을 나는 안다.

나는 입꼬리가 쓱 올라가는 것을 느끼며 그대로 뒤돌아보지 않고 집으로 향했다.

그 후로 두 사람이 어떻게 됐는지는 모른다. 하지만 따로 연락이 없었으니 분명 둘만의 시간을 잘 보냈을 것이다.

제 4 화 일이 더욱 꼬여 버리는 이야기

드디어 크리스마스가 다음 주로 다가왔다.

나는 크리스마스 특수를 맞아 활기가 넘치는 쇼핑몰에 와 선물을 고르는 중이었다.

지금까지 진지하게 크리스마스 선물을 고른 적이 없어서 몰랐는데, 뭐랄까, 선택지가 엄청 많았다.

선물이라는 건 받는 상대가 누구냐에 따라 뭐가 가장 좋은지가 달라지는 게 당연한 법.

특히 크리스마스는 생일과 마찬가지로 선물의 선택 폭이 넓은 기념일이다. 일 년에 두 번 있는 즐거움이라고나 할까…… 뭐, 다 어릴 때 이야기지만.

'밸런타인 초콜릿처럼 이거다 하고 정해져 있으면 편할 텐데…… 아니다, 그건 그것대로 고충이 있겠지.'

결국 상대방이 좋아해 주는 것이 가장 중요했다.

그래서 나는 끊임없이 고민했다.

무엇보다 선물을 받을 대상이 아카리였다. 크리스마스이브가 생일인 그녀에게 대체 어떤 선물을 줘야 할까.

좋은 일은 한꺼번에 온다는 뜻인 '정월과 백중날이 한 번에 찾아온다'는 속담처럼, 아카리는 매해 생일과 크리스마스이브가 같이 찾아오니 두 기념일을 묶어서 축하를 받거나 선물도 하나만 받은 경험이 있을지도 모른다.

그렇다면 선물을 두 개 준비해야 할까? 하지만 경제력에도 한계가 있으니 그러면 어쩔 수 없이 어중간해지고 말 것이다.

그럼 일단 하나를 주고 나머지 하나는 나중에…… 아니, 뒤로 미루는 것 같아서 그것도 별로다.

애당초 아카리가 원하는 게 뭘까. 나는 왜 함께 있을 때 물어보지 않았지?

이런 식으로 생각이 너무 많은 바람에 쇼핑몰에서 상품들을 보고 있으면서도 좀처럼 눈에 들어오지 않았다.

결국 결전의 날이 코앞에 다가온 지금까지도 아카리의 생일인 크리스마스이브를 함께 보낼지, 아니면 수험 공부에 방해가 되지 않게끔 선물만 주고 전화만 간단히 할지 나는 아직 결정을 내리지 못하고 있었다.

스바루와 하세베가 대화하는 모습을 보면서, 또 아카리와 지낸 날들을 떠올리며 어떻게 하고 싶은지, 어떻게 해야 할지 그 마음만 조금씩 형태를 갖춰 나가고 있는 중이었다. 다소 어렴풋하지만 말이다.

그러나 결심은 쉽게 서지 않았다. 걱정이 많고 우유부단한 내 못난 성격이 자꾸만 발목을 붙잡았다.

하지만 선물을 주겠다는 마음만큼은 확고했다. 그러니까…… 하, 이것도 소거법으로 남은 선택지일 뿐, 그냥 쉬운 길로만 골라 가고 있는 걸지도.

"하아……."

즐겁고 활기찬 분위기 속에서 나만 혼자 길게 숨을 토해 낸다.

오늘은 이만 돌아갈까, 아니면 좀 더 있을까 하는 고민이 새로이 생긴 그때…… 스마트폰이 부르르 떨렸다.

짧은 진동. 전화가 아니라 문자인가.

그렇게 생각하면서 스마트폰 화면을 확인하니 아카리가 보낸 메시지가 와 있었다.

메시지 내용은 짧았다.

[지금 잠깐 통화할 수 있어요?]

이전 같았으면 특별히 이상하게 느낄 내용이 아니다. 하지만 요즘 거의 통화할 일이 없던 것을 생각하니 어쩐지 굉장히 중요한 내용처럼 느껴졌다.

[그럼 당연하지.]

답장을 한 뒤 빠르게 그 자리를 벗어났다. 통화를 하기에는 조금 시끄러웠으니까.

얼마 지나지 않아 읽음 표시가 뜨고 잠시 후 전화가 왔다.

나는 이상하게 손가락이 무겁다고 생각하면서도 얼른 통화 버튼을 눌렀다.

"여, 여보세요?"

- 아, 선배. 저기 그…… 여보세요.

묘한 긴장감 때문에 둘 다 말투가 어색해졌다.

하지만 한편으로는 오랜만에 목소리를 들어서 기쁜 나머지 더더욱 말을 꺼내기가 어렵게 느껴졌다.

- 갑자기 전화해서 죄송해요…….

"아냐, 완전 괜찮아. 잘 지냈어, 아카리?"

- 아, 네! 아주 건강해요!

"그래? 다행이다."

긴장했지만 이내 차분해진다. 뭐라고 할까…… 안심이 된다고나 할까?

- 선배는 잘 있어요?

"응, 늘 그렇듯 어찌저찌 버티고 있어."

- 그렇, 군요…….

어쩐지 목소리에 기운이 없다.

혹시 전화한 이유와 관계가 있을까?

구체적으로 떠오르는 일이 있는 건 아니지만, 왠지 이유를 듣기가 겁났다.

- 그…… 오늘 전화한 이유는요…….

아카리가 머뭇거리며 조심스럽게 말을 꺼냈다.

일부러 뜸을 들이기보다 말하기를 망설이는 듯한, 그런 분위기였다.

"으, 응."

듣기 무서웠지만 그렇다고 차마 말을 막을 수도 없어서 침만 꼴깍 삼켰다.

내가 뭔가 아카리를 불안하게 만들 만한 일을 했던가?

혹시 지금 고민하고 있는 크리스마스 문제 때문일까? 아니면 아예 다른 이유?

아니…… 애당초 연락 자체가 뜸하기는 했었다. 그걸로 아카리가 불안을 느꼈다면 그건 그녀 잘못이 아니었다.

'혹시 정이 떨어졌다고 헤어지자 하는 건…… 아니겠지?'

얼굴에서 핏기가 싹 가셨다.

어쩌지? 역시 말을 끊는 게 좋을까? 하지만 그렇게 한다고 해서 아카리의 마음이 바뀌는 것도 아니잖아. 문제를 뒤로 미루기는커녕 쓸데없이 불난 데 기름을 붓는 꼴이 될지도 모르고……!

그런 갈등을 하면서도 끝내 아카리를 막을 수 없었다.

전화 너머로 아카리가 숨을 고르는 소리가 들렸다. 그녀에게는 이 전화도, 앞으로 할 이야기도, 분명 큰 용기가 필요한 일이었겠지.

그걸 내가 막을 수 있을 리 없었다. 단지 내가 듣기 무섭다는, 그런 한심한 이유로.

- 그, 선배.

"……응, 말해."

- 선배…… 혹시 저, 저한테…… 으흑…….

"아카리?!"

전화 너머로 울음을 참는 듯한 소리가 들렸다.

혹시 지금 울고 있는 건가?!

"뭐야, 무슨 일이야? 아니, 억지로 말할 필요는 없어. 지금이 아니어도――"

- 아, 아뇨…… 괜찮아요.

아카리는 그렇게 말하면서 코를 훌쩍였다.

곁에 있었다면 뭐라도 해 줬을 텐데. 전화 너머의 거리가 너무나 답답하게 느껴졌다.

- 그…… 선배…….

아카리는 다시 한번 도전하듯이 전화를 거 이유를 말하기 시작했다.

드문드문 말을 더듬으면서도 필사적으로…… 나는 그저 조용히 말을 기다릴 수밖에 없었다.

그리고——

- 선배, 혹시 저한테, 질리셨나요……?

"…………뭐?"

질려? 누가? 누구한테?

내가…… 아카리에게?!

"무슨! 그럴 리 없잖아! 무슨 소리를 하는 거야!"

- 저 들었어요. 선배가 단체 미팅에 갔었다고.

"뭐어?!"

어떻게 아카리의 입에서 그 말이?!

아니, 대체 내가 미팅에 참가한 걸 어떻게…… 가만, 그날 참가자 중에 아카리에게 떠벌릴 사람은 딱 한 놈밖에 없지.

- 오빠가 말해 줬어요. 선배가 미팅에 참가했다고.

"그, 그건……."

없는 일도 아니고 사실이니 부정할 수는 없었다. 설마 스바루가 아카리에게 말할 줄은 꿈에도 몰랐다.

"아니, 근데! 미팅이라 해도 아카리가 생각하는 그런 건 아니야!"

- 뭐가 됐든 참가한 건 사실인 거잖아요…….

"윽……!"

망했다. 미팅의 취지를 설명할 게 아니라 참가하게 된 경위부터 말했어야 했는데!

"그, 그래. 단체 미팅에 참가한 건 맞아. 하지만 내가 가고 싶어서 간 게 아니라 그…… 친구가 사람이 모자란다고 꼭 좀 와 달라고 부탁해서 간 것뿐이야!"

나는 어떻게든 만회하려고 필사적으로 이유를 설명했다.

그러나 내가 들어도 너무 필사적이라…… 이러면 더 변명처럼 들리지 않나 하는 생각이 들었다.

"아, 아무튼! 아카리한테 질렸다거나 그런 거 절대 아니야! 그것만큼은 믿어 줘!"

- ……네, 믿어요. 그, 저는…….

아카리는 어색한 말투로 그렇게 말했다.

하지만 진심으로 납득한 것이 아니라는 게 전화 너머로도 분명하게 느껴졌다.

- ……아니에요. 죄송해요, 선배! 제가 이상한 질문을 했네요. 헤헤!

"아, 아카리."

- 제가 요즘 좀 지쳐 있었나 봐요! 근데 오랜만에 선배 목소리를 들으니 기운이 펄펄 나요!

납득이 되지 않은데도 아카리는 나에게 걱정을 끼치지 않으려고 억지로 밝은 척을 했다.

악순환 같은 그 행동에 가슴이 아팠지만 지금은 그 어떤 말을 해도 되레 신경 쓰이게만 할 거 같아서 나는 그저 쩔쩔맬 수밖에 없었다.

- 죄송해요, 이상한 일로 전화해서! 저, 그…… 아니, 아무것도

아니에요. 그럼 선배, 저 끊을게요!

아카리는 그렇게 속사포처럼 말을 쏟아내더니 전화를 뚝 끊어 버렸다.

"아……."

정신을 차렸을 때는 이미 통화 종료를 알리는 화면만이 떠 있었다.

"어, 어쩌지……?"

완전히 오해받았다.

당연한 말이지만 나는 아카리가 싫어서 미팅에 참가한 게 아니었다.

게다가 그건 내 안에서 이미 완전히 끝난 일이었다. 그런데 이제 와서, 아니 뭐 불과 며칠 전 일이기는 하지만, 그래도 그게 아카리의 귀에 들어가 그 애를 불안하게 만들 거라고는 전혀 생각해 보지 못했다.

나는 바로 전화를 다시 걸려고 했다.

하지만 전화를 했다 한들 무슨 말을 해야 할지 몰라서, 아니 그보다는 말한들 오해가 풀릴까 하는 생각이 들어서 선뜻 통화 버튼을 누를 수가 없었다.

"내가 아카리를 싫어할 리가 없잖아……."

왜 이렇게 뜻대로 되지 않는 걸까.

쇼핑몰에서 들려오는 크리스마스 노래가 이상하게 귀에 거슬려서 나는 목표로 했던 선물은 사지도 않은 채 집으로 돌아갔다.

◇◇◇

그 후로 이틀이 지났다.

아카리에게서의 연락은 없고, 나부터 연락해야 하나 고민하는 사이에 시간만은

아카리에게서 더는 연락이 없었고, 내가 먼저 연락해 봐야 하나 고민하는 동안에도 시간은 착실히 흘러갔다.

아니 뭐, 연락은 해야겠지. 하지만 무슨 말을 어떻게 해야 할지 모르는 상태에서 냅다 전화를 해 의미 없는 변명만 늘어놓으면 상황이 더 악화될 수도 있지 않을까?

그런 식으로 쓸데없이 생각만 많이 하다가 결국 행동으로 옮기지 못했다.

"하아~……."

"또, 또 한숨 쉬지."

"아…… 죄송합니다."

그리고 오늘도 역시 알바 중에 한숨을 쉬어 지적을 받고 말았다.

손님이 있어 짧게 혼났지만 애당초 손님이 있는 상황에서 티 나게 한숨을 쉰 것 자체가 심각한 문제였다.

전에는 좀 더 잘 감출 수 있었는데…… 그만큼 데미지가 크다는 의미일지도.

'역시 쉴걸 그랬어.'

그렇게 후회해도 이미 늦었다.

평소와 다르게 행동이 굼뜬 나를 노려보는 사촌누나의 시선을 느끼면서, 나는 그저 조금이라도 빨리 시간이 지나가기를 바랐다.

"청소는 됐고 너 이리 와 앉아 봐."
"……네."
괜히 시간이 빨리 지나가길 빌었다.
마지막 손님이 돌아가고 문에 CLOSED 팻말을 건 누나는 위압감이 넘치는 목소리로 그렇게 말했다.
뭐 때문에 그런지 알기에 나는 얌전히 유아 누나가 가리킨 테이블에 가 앉았다.
그러자 유아 누나가 내 맞은편에 털썩 앉더니 미간을 한껏 찌푸린 채 나를 노려봤다.
"너 말이야, 오늘 선을 아주 세게 넘었어."
"윽…… 그 정도야?"
"티 나는 실수는 안 했지만 실수만 안 하면 다야? 내가 꼰대 선배였으면 너 오늘 일당 받아 가지 말라고 진지하게 갈굴 수준이었어."
"그럴 수가……!"

유아 누나는 매사 똑 부러지고 정확한 성격이라 남을 놀릴 때가 아니면 의외로 거짓말을 하지 않는다.
그런 사람이 이전에 혼낼 때보다 더 말투가 매섭다면 그건 그만큼 내가 오늘 답이 없었다는 뜻이겠지.
"……그래서, 이번에는 뭔데? 또 아카리랑 관계된 일이야?"
"윽…… 응. 또 라기보다 아직이라고나 할까."
"설마 아직도 결정 못한 거야?!"
"그게…… 어쩌다 보니 일이 더 꼬여 버려서……."

"뭐?"

내가 두루뭉술하게 말하자 유아 누나가 마음에 안 든다는 듯이 얼굴을 찌푸렸다.

"일단 말해 봐. 얘기는 그다음이고."

"아니, 그게……."

"뭐야, 이제 와서 체면 차리겠답시고 숨기려는 거야? 괜찮아. 네가 여자 마음을 손톱만큼이라도 이해할 거라는 기대는 아주 예전에 버렸으니까."

잔인한 말을 참 아무렇지도 않게 말한다. 뭐…… 아마 사실이겠지만.

하지만 여자의 마음을 손톱만큼도 이해하지 못하는 나조차도 알 수 있을 정도로 이번 일은 사태가 심각했다

가능하면 말하고 싶지 않지만…… 그러기는 힘들겠지.

"실은……."

나는 지금 내게 일어난 일... 아카리에게 준 오해에 대해서, 유아누나에게 이야기했다.

나는 지금 내게 일어난 일…… 아카리가 단단히 오해한 이 상황에 대해서 유아 누나에게 털어놓았다.

그리고 아카키에게 어떻게 행동해야 할지 결정을 못 하고 있다는 것도.

대충 다 말한 뒤 숙였던 고개를 들어 올렸다.

유아 누나는…… 어째서인지 눈을 가늘게 뜨고 있었다.

"누, 누나?"

"……이게 젊음이라는 건가."

유아 누나는 작은 목소리로 그렇게 중얼거리더니, 아까 내가 쉰 한숨보다 더 요란하게 한숨을 푹 쉬었다.

"청춘 드라마 같고 참 좋네~."

"아니, 저……."

"아아, 그래. 그렇겠지. 너희한테는 심각한 문제겠지."

유아 누나는 어깨를 으쓱이더니 지긋이 나를 바라봤다.

"그래서, 너는 어쩌고 싶은데?"

"어?"

"어가 아니야. 전에 했던 질문이랑 똑같은 질문이잖아?"

확실히 전에 상담했을 때도 같은 질문을 했었다.

"하지만 그때랑은 상황이……."

"다르지 않아. 그야 아카리를 우울하게 만들기는 했지만 말이야. 설마 이대로 입 다물고 넋 놓고 있으면 자연히 해결되리라 믿는 건 아니겠지?"

"……당연하죠."

어련히 알아서 해결될 거라 믿었다면 이렇게 고민도 하지 않았다.

그리고 어떻게 하고 싶냐는 것도——

"물론 오해를 풀고 싶…… 아니 그게 다가 아니야."

오해만 풀어 봤자 미팅에 참여했다는 걸 들키기 전으로 돌아갈 뿐이다.

솔직히 말하자면 나는 아카리와 좀 더 가까워지고 싶다.

내가 아카리를 특별하게 생각하는 것처럼 아카리도 나를 좀 더 특별하게 생각해 줬으면 좋겠다.

앞으로도 계속 함께 있을 수 있도록.

"제대로 알고 있네. 그럼 고민할 필요 없잖아. 매번 벽에 부딪힐 때마다 멈춰 서서 주저앉으면 언젠간 마음이 버티지 못하고 무너질 거야."

"응……."

"실패 없는 인생이란 건 없어. 실패도 하고 오해도 받고 그러는 거지. 그런데도 시간은 되돌릴 수 없으니 계속 후회만 하다가 더 최악의 상황을 만들기 전에 지금 할 수 있는 일을 하는 게 현명한 거야."

시간은 되돌릴 수 없다. 후회해도 이미 늦었다.

하지만 미래라면 바꿀 수 있다.

……참 진부한 표현이기는 하지만 그게 현실이었다.

전부 유아 누나 말이 맞다. 뭐가 정답인지는 몰라도 고민만 해 봤자 바뀌는 건 아무것도 없다. 움직여야만 바뀐다.

"부처님 얼굴도 세 번까지라는 말이 있지."

"응? 어, 어."

"근데 나는 욕심에 찌든 평범한 인간이거든? 부처님처럼 관대하지도 않으니…… 뭐, 두 번까지가 내 한계려나?"

다시 말해 다음에 또 비슷한 고민을 하느라 빌빌대면 용서하지 않겠다는 뜻이다.

냉정한 사람이라고 생각하면서도 한편으로는 그 단호함이 위로가 되었다.

나에게 연애란 여전히 익숙지 않은 영역이다. 모르는 것투성이고.

그래서 보이지 않는 미래를 생각하다 뒷걸음질 치기도 하고, 또 경솔한 행동으로 여자 친구에게 상처를 입히기도 했다.

물론 그게 괜찮다고 생각하지는 않는다.

계속 이러면 언젠가 아카리에게 버림받을지도 모른다. 아니 어쩌면 이번 일로 이미 마음이 떴을지도.

결정하는 건 아카리다. 하지만 모든 걸 그녀에게 떠맡긴 채 기다리기만 하는 건 싫었다.

움직였다가 결과적으로 상처만 더 커질지라도…… 물론 그러면 분명 후회하겠지만, 그래도 멈춰 서 있는 것보다는 나았다.

"……좋았어."

결심은 섰다.

근무를 마치고 앞으로의 스케줄에 대해 이야기를 나눈 뒤, 집으로 돌아가는 길에 나는 스마트폰을 꺼냈다.

아카리와 같이 찍은 배경 화면 사진을 보고 잠시 흐뭇해하다가 전화 앱을 열었다.

"여보세요. 좀 물어보고 싶은 게 있는데. 따질 것도 있고."

전화 너머로 태평한 목소리가 울려 퍼졌다. 듣는 순간 불쑥 짜증이 치고 올라와 나는 할 필요도 없는 구박을 섞어 가면서 용건을 전했다.

계속 고민했던 여러 선택지 중 하나.

막장 결정하고 나니 불안한 마음도 들었지만 내내 해야 한다고 스스로를 몰아세웠던 만큼 몸은 한결 가벼워진 기분이 들었다.

제5화 크리스마스이브

“그럼 이것으로 대비 특강을 마치겠습니다. 모두 즐거운 크리스마스 보내세요.”

강단에 선 강사의 이 말을 끝으로 총4회, 90분짜리 인문계 수능 대비 특강은 끝이 났다.

교실 앞자리에 진을 치고 있다가 수업이 끝나기가 무섭게 질문하러 달려가는 열정이 넘치는 학생들을 우울한 표정으로 바라보며 한숨을 폭 쉬었다.

엄마가 권해서 듣게 된 이 입시 학원 강의. 확실히 도움이 되었다. 실제 시험 시간만큼 긴 시간 집중해 보는 것도 좋은 경험이었고.

입시를 대비하는 데 이보다 더 좋은 건 없다고 생각한다. ……하지만,

‘모두 즐거운 크리스마스 보내세요.’

강사도 센스를 발휘해 한 말일 테지만 그 한마디가 내 가슴을 후벼 팠다.

그래, 오늘은 크리스마스이브. 그리고 내 생일이다.

그런데도……!

‘결국 선배한테 사과를 못 했어……!!’

입시와는 별개로 내 머릿속에서 큰 비중을 차지하는 고민이 하나 있었다.

그건 바로 선배와 어색해져 버렸다는 것이다.

우리가 이렇게 된 건 약 일주일 전의 일 때문이었다.

◆◆◆

그날, 갑자기 오빠에게서 전화가 왔다. 뭐, 아무런 용건도 없이 전화를 하는 건 자주 있는 일이었다.

나는 일방적으로 떠드는 오빠의 목소리를 라디오 듣는다는 느낌으로 흘려들으면서 공부하고 있었는데——

- 이야, 어제 모토무랑 단체 미팅을 갔거든?

"……뭐?"

공부에 집중했지만 그 말만큼은 귀에 훅 꽂혀서 그냥 넘길 수가 없었다.

"다, 다시 한번 말해 봐. 선배랑 뭘 갔다고……?"

- 어제 단체 미팅에 갔다고~!

오빠는 그 뒤로도 주점에 처음 가 봤는데 재밌었다는 둥 여재애들이 모두 귀여웠다는 둥 그래도 역시 하세베가 제일 예쁘다는 둥 계속해서 뭐라 뭐라 떠들었지만 하나도 귀에 들어오지 않았고——

'서, 선배가 미팅? 왜? 뭐 때문에?!'

머리가 팽글팽글 돌아서 공부고 뭐고 그대로 쓰러져 버릴 것 같았다.

아냐, 무슨 오해가 있을 거야. 일단 오빠한테 더 자세히 들어봐야——

- 어? 벌써 나갈 시간이네! 이만 끊자! 씩씩한 목소리 들어서 좋았어! 공부 열심히 해!

"뭐?! 잠깐만 오빠! 끊지 마!!"

오빠는 그렇게 일방적으로 말을 하고 그대로 전화를 끊어 버렸다.

통화 종료 화면이 덩그러니 떠올랐다. 나는 바로 다시 전화를 걸었지만…… 받지 않았다.

메시지도 보냈는데, 읽었다는 표시조차 안 뜬다!

"뭐가 이리 자기 멋대로야……! 아, 아냐, 오빠가 재미없는 농담을 한 걸 수도 있어!"

그렇게 자기합리화를 하듯 말해 보지만, 오빠가 지어낸 얘기치고 묘하게 현실감이 있는 게 마음에 걸렸다.

'믿고 싶지 않아…… 하지만…….'

만약 정말로 선배가 미팅에 참가했다면.

친구가 무작정 나와 달라고 해서 거절할 수 없었다든가 그런 건 아닐까……?

그런 거라면 어쩔 수 없다고 생각한다. 물론 선배가 굶주린 늑대들 앞에 내던져진 건 속상하지만.

하지만 어쩌면…… 미립자 크기만 한 수준이지만 선배가 나에게 정이 떨어져서 다른 사람을 찾기 위해 진지한 마음으로 미팅에 나갔을 가능성도……!!

'말도 안 돼, 절대로 있을 수 없는 일이야……! 진짜로 오빠가 그

냥 지어낸 이야기일 수 있잖아? 틀림없이 그걸 거야! 맞아 그럴 거야…… 아마도…….'

나는 그렇게 스스로를 다독였다.

하지만 자기 자신에게 그렇게 말해 봤자 답이 나오는 건 아니다.

정답을 알아내려면 결국 선배에게 직접 물어볼 수밖에 없었는데…….

"이런 걸 어떻게 물어봐!"

'선배 단체 미팅에 참가했어요?'라고 대놓고 물어보면 마치 바람 피우냐고 의심하는 사람처럼 보일 게 분명했다.

그리고 설령 그 질문으로 오해가 풀린다 해도, 의심했다는 사실이 나중에 큰 균열로 이어질 가능성도 있었다.

"그래, 릿 짱한테 의논해 보…… 아냐, 그건 안 돼."

만약 이 일을 릿 짱이 알면 그 즉시 선배에게 물어볼 게 뻔했다.

그러면 나는 괜찮아도 선배와 릿 짱의 관계가 어색해질 수도 있다.

"으으, 어쩌면 좋지……!"

나는 머리를 두 손으로 감싸 안았다. 지금은 공부고 뭐고 눈에 들어오지 않았다.

선배를 믿고 싶다. 하지만 선배는 날 버리지 않을 거라고 자신만만하게 말할 수 있을 정도로 나 자신은 믿지 못했다.

당연한 일이다. 나는 아직 고등학생…… 어린애니까.

대학이나 사회에는 나보다 선배에게 더 어울릴 만한 어른스러운 사람이 널려 있을 것이다.

선배는 그래도 나를 좋아한다 말해 줬지만 그래도 불안은 자꾸 자꾸 커져 갔다.

'선배를 만나고 싶어. 만나서 얼굴을 보고 손도 잡고 싶어…… 그러면 틀림없이 안심이 될 텐데.'

나약하기 그지없는 내가 정말 싫다.

선배와의 이 거리감이 가슴을 옥죄어 온다.

전에는 잠깐 얼굴만 봐도 마음이 푸근해졌는데 지금은 외로움에 마음이 점점 잠식되어 가는 것 같았다.

"……안 돼. 이래서는 선배를 볼 면목이 없어. 더 노력해야 해. 더, 더……."

나는 그렇게 중얼거린 뒤 다시 책을 들여다봤다.

하지만 조금 전과 같은 집중력은 돌아오지 않았고…… 문제 하나 푸는 데에도 평소보다 몇 배나 시간이 걸려서, 결국 정해 둔 목표량의 절반도 풀지 못했다.

◆◆◆

"어떡해, 어떡하면 좋지? 어떡하냐고……!!"

그다음 날, 나는 사고를 쳤다. 사고를 치고 말았다!!

마음이 정말 끝없이 가라앉아서 말로 표현하기 어려운 악몽까지 꾸고, 그 결과, 그 결과……!

"대체 왜 선배한테 전화한 거야아아아!!"

결국…… 아니, 단 하루 만에 못 참고 거의 무의식중에 전화를 해 선배한테 따져 물은 것이다!

지금까지 선배가 혼자 사는 집이나 본가에 다짜고짜 찾아가도 다 잘 풀렸기 때문일까. 그 성공 경험이 약해질 대로 약해진 나를 떠미는 바람에 깊이 생각도 하지 않고 무작정 행동으로 옮겨 버렸다.

그렇게 선배에게 미팅에 갔는지를 물었고…… 선배의 반응으로 정말 참가했다는 것을 알게 되었다.

그 순간, 내 멘탈은 산산이 부서지고 말았다.

선배는 미팅에 나간 이유를 설명해 줬지만 나는 그걸 제대로 받아들일 수가 없었다. 그저 아무렇지 않은 척하는 것만으로도 이미 한계였다.

그리고 시간이 지나——

현재 내 모습은 마치 오래되어 바람 빠진 풍선처럼 쪼그라들어 있었다.

그 당시에는 어떻게든 잘 넘겼다고 생각했다. 하지만 분명 목소리에 감정이 실려 있었고, 대화 내용도 거의 기억이 나지 않을 정도로 흥분했었으니…… 틀림없이 선배도 내가 뭔가 이상하다는 걸 알아챘을 것이다.

실제로 그날 이후로 메시지를 주고받아도 매우 어색하다고나 할까…… 얼굴을 제대로 볼 수가 없었다. 아니, 진짜로 얼굴을 보고 지내는 건 아니니 그냥 내가 혼자 그렇게 느끼는 것뿐이지만!

'결국 오늘 얘기는 꺼내 보지도 못했어…….'

드디어 맞이한 12월 24일.

올해도 예년과 마찬가지로 가족끼리 크리스마스&생일 파티를

조촐하게 열 예정이었다.

오늘 저녁은 엄마가 한껏 솜씨를 발휘해서 1년 중 가장 근사한 진수성찬을 차려 줄 것이다.

오빠는 없지만, 그래도 늘 하던 대로 하는 건데…… 이전과는 달리 기분이 가라앉아서 마음을 다잡기가 힘들었다.

딱히 요란하게 축하받고 싶은 생각은 없었다. 중요한 시험을 앞두고 있으니 선배가 내 앞날을 생각해서 조용히 넘어가려 한다는 것도 충분히 있을 수 있는 일이었다.

그렇지만 겨우 선배와 사귀게 되었는데 아무 일도 없이 넘어가는 건 아무래도 서운한 마음이 들 수밖에 없었다.

참 이도 저도 아니고 결단력도 없고. 그런 주제에 이기적이고 바라기만 하고.

정말이지, 나 자신이 싫어진다.

"밖에 눈 온다!"

같은 수업을 들은 학생의 목소리에 문득 상념에서 깨어났다.

이런 곳에서 멍하니 생각에 잠겨 있을 때가 아니었다.

귀가가 늦어지면 부모님도 걱정할 테고, 오늘 복습도 해야 했다.

크리스마스이브니 생일이니 하는 걸로 들떠 있을 때가 아니었다.

해가 바뀌면 바로 있을 입시에 대비해서 지금은 1분 1초도 아껴 공부에 투자해야 했다.

'그나저나 우산도 안 가져왔는데 눈이라니.'

분명 일기예보에서는 밤에 흐리다고만 했는데. 눈이라면 우산

없이 맞고 가도 괜찮을까?

목도리를 다시 감고 학원 건물 밖으로 나간다.

새까만 하늘. 하얀 가루눈.

평소보다 좀 더 북적이는 거리. 시끄러운 소음.

나는 그 모든 걸 무시한 채 걸음을 내디뎠고…… 곧바로 멈춰 섰다.

나도 모르게 멈춰 서고 말았다.

'말도 안 돼……! 하지만 내가 잘못 봤을 리가 없어……!'

마치 그곳만 스포트라이트를 비추고 있는 것 같았다.

스스로도 놀랄 정도로 바로 알아봤다.

수많은 사람이 오가는 거리라 그냥 지나칠 법한데도 어떻게든 찾아내고 말았다.

심장이 세차게 뛴다.

멀리서 바라볼 수밖에 없었던 그때도.

손을 맞잡게 된 지금도.

저 사람은 나에게 굉장히 특별하고 소중해서…… 왠지 눈 안쪽이 뜨거워진다.

"……안녕."

원래 여기에 있을 리 없는, 아니, 있을 거라고 생각도 못 한 그 사람은 내가 그를 발견하는 것과 동시에 나를 발견하더니, 조심스럽게 내 앞으로 다가와 살짝 어색한 미소를 지었다.

"선배……? 어떻게 여기에……?"

"아……."

선배는 더욱 어색한 표정을 지으며 머리를 긁적였다.

그러고는 변명거리를 찾는 사람처럼 시선을 피하더니…… 이내 무언가 깨달은 듯이 고개를 내저었다.

어쩐지 그런 모습을 보고 있기만 해도 선배가 무슨 생각을 하고 있는지 알 것 같았고, 동시에 가슴을 짓누르던 답답함도 사라졌다.

“아카리가 보고 싶어서 왔어.”

아주 잠깐 갈등한 끝에 나온 솔직하고 곧은 미소.

그 미소를 본 나는 역시 멋있다, 좀 귀엽다, 그런 생각을 하면서도——

“으, 그게…….”

심장이 미친 듯이 쿵쾅거려서 제대로 된 대답을 할 수 없었다.

나를 보고 싶어서 왔다는 말에 뛸 듯이 기뻤지만, 동시에 머릿속이 혼란스러웠다. 왜냐하면 여전히 선배가 무슨 일로 이곳에 왔는지 몰랐으니까.

나는 무심결에 내 볼을 꼬집어 보았다.

“꿈, 이 아니야…….”

“하하, 놀랐지? 아무 말도 안 하고 나타나서.”

선배는 웃으면서 내 기분을 살피더니, 손을 슥 내밀었다.

“괜찮다면 잠깐 걷지 않을래?”

“네, 네. 꼭 걸을래요!”

나는 말이 끝나기도 전에 고개를 끄덕이고 황급히 선배의 손을 잡았다.

나도 선배도 장갑을 끼고 있어서 맨살이 직접 닿은 것도 아닌데…… 어쩐지 무척이나 따뜻하게 느껴졌다.

◆◆◆

선배는 일단 걷자는 식으로 말했지만, 그 발걸음은 거침없이 어느 한 장소로 향하고 있었다.

'이쪽은…….'

의심은 곧 확신으로 바뀌었다.

아까까지 있던 거리와는 비교도 안 될 정도로 사람이 많고 활기가 넘치고 눈이 부셨다.

나도 알고 있는 곳이었다. 매해 이 시기가 되면 관광객까지 찾아오는 유명한 일루미네이션 명소였다.

나무들에 감겨 있는 불빛이 마치 한낮이라고 착각할 만큼 눈부시게 빛나고 있었다.

진부한 표현이지만 마치 은하가 눈앞에 있는 듯한 그런 분위기였다.

"와아~……."

"여기 처음 와 봐?"

"아, 아뇨! 그건 아닌데 어릴 때 오고 안 와 봐서 기억이 거의 없달까요……."

"그렇구나. 나는 사실 처음 와 봐."

"어? 그래요?"

"왠지 우리 동네에 있는 관광지는 언제든 갈 수 있다는 이미지가 있잖아. 뭐, 같이 갈 사람도 없었고."

그렇게 말하며 선배는 조금 부끄러운 듯이 웃었다.

그런데 같이 갈 사람이 없었다는 말은 곧 내가 그런 마음이 드는 첫 번째 사람이라는 뜻이겠지……? 어쩐지 웃음이 새어 나올 것 같았다.

"근데 상상 이상으로 예쁘네. 웅장하기도 하고…… 아카리랑 같이 봐서 좋다."

"저, 저도요……."

선배의 해맑은 미소에 나는 얼굴이 달아오르는 것을 느꼈다.

뭐라고 할까, 불꽃놀이 때도 그랬지만 이럴 때 선배는 뭔가 적극적이야!

"기왕 왔으니 좀 돌아다니면서 이야기 좀 나눌까?"

"네! 아, 근데 시간이 늦어서 일단 엄마한테 연락 좀 해도 될까요?"

"아, 그래. 미안해, 내가 먼저 그러라 했어야 하는데 생각이 짧았네."

"아녜요! 얼른 할게요!"

솔직히 나도 잊고 있었다. 학원에서 나올 때까지만 해도 기억하고 있었는데.

나는 엄마에게 아주 짧은 라인 메시지를 보낸 뒤 얼른 스마트폰을 집어넣었다.

"많이 기다렸죠? 보냈어요!"

"별로 안 기다렸어. 늦어도 괜찮으시대?"

"어…… 네!"

뭐, 엄마도 별로 신경 쓰지 않겠지 하고 대답은 보지도 않았지만.

나는 선배가 집요하게 캐묻기 전에 먼저 선배의 손을 잡고 걷기 시작했다.

그런 나에게 선배도 그 이상 부모님에 대한 건 묻지 않았다.

그런 내 모습에 선배도 더는 부모님의 반응에 대해 묻지 않았다.

혹시 내가 적당히 얼버무리려는 걸 알아챈 것일까? 선배의 손에 들어간 힘이 아까보다 좀 더 강해진 것 같았다.

어쩐지 '부모님께서 걱정하시지 않도록 내가 꼭 지켜 줄게'라고 주장하는 것처럼 느껴져서…… 앗, 이건 조금, 아니 상당히 많이 내 망상이 들어갔을지도 모르지만!

선배와 손을 잡고 일루미네이션으로 물든 거리를 걸었다.

눈은 우산을 쓸 필요가 없을 만큼 사락사락 내리고 있었다. 일루미네이션의 빛을 반사해 반짝반짝 빛나는 눈꽃들은…… 10년에 한 번 있을까 말까 한 환상적인 화이트 크리스마스를 만들어 냈다.

이런 멋진 밤을 선배와 함께 보낼 수 있다니……!

"미안해, 아카리."

"네?"

"그때 그…… 전화 말이야."

"아……."

선배가 무슨 말을 하고 싶어 하는지 바로 알 수 있었다.

그리고 역시 나의 반응이 선배에게 깊은 상처를 남겨 버렸다는 것을 통렬하게 깨달았다.

"전화로만 이야기하면 더 불안하게 만들 거 같아서."

"아, 아니에요! 그렇지 않아요! 죄송해요, 선배. 저야말로 제대로 못 들어서……."

"아냐, 아카리는 잘못한 거 하나도 없어. 아무튼 그래서…… 변명처럼 들리겠지만 다시 한번 설명할 기회를 주면 안 될까?"

선배는 그렇게 조심스럽게 내 허락을 구한 뒤 다시 한번 단체 미팅에 참가한 경위와 그곳에서 무슨 일이 있었는지를 설명해 주었다.

이야기는 매끄럽고 간결해서 '어떻게 설명해야 할지 정말 많이 고민했구나' 하고 느낄 수 있었다.

그 진지한 모습이 기뻐서 나는 또 입꼬리를 실룩일 수밖에 없었다.

"어, 그러니까 아카리한테 질렸다거나 그런 건 절대 아니야. 나는 너를……."

"후후, 알고 있어요."

나는 그만 참지 못하고 웃음을 터트렸다.

"어?"

"실은 오빠한테 전화가 왔어요. 자기 때문에 오해가 생긴 것 같다면서."

며칠 전, 오빠가 다시 전화를 걸어 사과를 했다.

그러고는 오빠가 선배를 억지로 끌어들였으며, 하마터면 헤어질 뻔한 오빠와 오빠 여친의 갈등을 봉합해 준 사람도 선배라는 사실을 알려 주었다.

- 모토무는 너를 배신할 놈이 아니야! 내가 내 생각만 하느라 이상한 말을 한 거 같은데…… 아무튼 믿어 줘!

나는 필사적으로 호소하던 오빠의 목소리를 떠올리며 다시 웃음을 터트렸다.

선배는 내 이야기를 듣는 내내 입을 떡 벌린 채 굳어 있다가 곧 정신을 차리고는 땅이 꺼져라 한숨을 쉬었다.

"그 자식…… 그렇게 필사적으로 말하면 더 수상하지……."

"후후, 하지만 정말 필사적이라 안 믿으면 불쌍할 정도였어요."

"스바루가 그 말을 들으면 자존심 상해서 펄쩍 뛰겠네."

선배는 그렇게 말하며 어깨를 으쓱였다.

그리고 가르쳐 주었다. 크리스마스이브 날 이 시간에 내가 어디에 있는지 오빠에게 물어보다가 내가 미팅에 대해 알고 전화했다는 얘기를 했다고.

"내 입장에서는 쓸데없이 네가 입을 놀렸으니까 투덜거리지 말고 말하라는 뉘앙스로 말한 건데…… 설마 녀석이 그걸로 양심의 가책을 느꼈을 줄은 몰랐어."

"우리 오빠가 좀 그런 성격은 아니죠."

"그러니까. 뭐랄까, 뭐든 대충대충 하고, 책임감도 없고…… 아, 근데 생각해 보니 그러네. 그 녀석, 늘 아카리 일만 되면 눈빛부터 달라지긴 했어."

선배는 이해가 된다는 듯이 고개를 끄덕였다.

"그럼 스바루가 말해서……."

"네, 선배가 무슨 목적으로 그 미팅에 참가했는지 알고 있었어요. 그리고……."

아아, 입이 멋대로 움직인다.

"오늘 선배를 발견한 순간…… 선배가 얼마나 나를 좋아하는지 깨달았어요."

"아……."

또다시 선배가 놀란 표정을 지었다.

그렇지만 아까와는 다르게 얼굴이 새빨갰다.

"그래도 시험이 코앞인데 아카리에게 일언반구도 없이 무작정 찾아와도 괜찮았던 걸까."

"당연하죠! 그걸 말이라고 해요?!"

선배가 나를 진지하게 생각해 주고, 나를 위해 결정을 해 줬다는 게 기뻤다.

만약 선배가 오늘은 만나지 말자고 결정했다 해도 분명 마찬가지로——

……아니, 아니야.

난 그런 어른스러운 척은 못해.

나는…… 나는 그냥 이렇게 선배를 만날 수 있다는 게 좋아.

좋다는 말로 다 표현이 안 될 만큼 정말 정말 좋아!

그러니까 선배가 만나러 와 준 건 절대로 잘못되지 않았어.

"……선배랑 있으면 저는 나쁜 아이가 되는 것 같아요."

"뭐?"

"아뇨, 아무것도 아녜요!"

선배에게 설명하기에는 다소 부끄러운 나의 진심.

선배에게 어울리는 사람이 되고 싶다. 선배가 나를 봐 줬으면 좋겠다. 그래서 선배가 나와 함께 있어 줬으면 좋겠다.

그 마음은 늘 나를 움직이는 원동력이 되었고, 그건 그날, 선배를 만날 순간부터 단 한 번도 바뀐 적이 없었다.

……그래서 반대로 선배가 멀게 느껴지면 기분이 가라앉는다. 물론 바람직한 모습이 아니라는 건 스스로도 잘 알지만 말이다.

의존적이라는 말을 들을 만큼 어리석지만 도저히 어떻게 할 수 없는 그런 내 진정한 모습을 생각하면서 나는 선배와 길을 걸었다.

갑자기 태도가 돌변했다고나 할까? 하지만 이상하게도 마음은 가볍다.

"아, 선배! 저기 엄청 큰 크리스마스트리가 있어요! 같이 사진 찍어요!"

"그래."

길 한가운데에 설치된 거대한 크리스마스트리.

빛에 휩싸인 환상적인 자태를 황홀하게 바라보며 나는 무의식 중에 선배의 손을 잡아끌었다.

이 행복한 시간이 영원히 이어졌으면 좋겠다.

오늘뿐만이 아니라 앞으로도, 영원히 쭉. 그래서——

"자, 찍습니다!"

스마트폰 전면 카메라를 켠 다음 선배의 팔에 안기듯 바짝 몸을 붙인다.

배경으로 크리스마스트리를 담고 주인공은 역시 우리 둘.

지금 이 행복한 순간을 잘라 내어 영원히 되새길 수 있기를…… 나는 그렇게 소원을 빌며 셔터를 눌렀다.

◇◇◇

오길 잘했다.
아카리의 미소를 본 순간 바로 그렇게 생각했다.
쑥스러움을 감추기 위해 무심코 흘린 약한 소리도 단호하게 부정해 줘서, 그동안 왜 그렇게 마음을 졸였나 싶을 정도였다.
손을 잡고 옆에서 걷는 아카리는 한껏 들뜬 기색이었다. 여기저기서 흘러나오는 크리스마스 노래에 맞춰서 콧노래까지 흥얼거렸다.
"왠지 걷기만 해도 즐겁네요."
아카리가 불쑥 그렇게 말했다.
실은 나도 똑같은 생각을 하고 있었다.
이 일루미네이션은 시간대에 따라 모습을 바꾸는 그런 연출도 없이 늘 같은 모습을 보여 준다.
즉 쓸데없는 말이지만 한 번 봤으면 됐지 굳이 두 번 볼 정도는 아닌 곳이다.
참신한 이벤트도 없다. 가슴을 뛰게 하는 테마도 없다.
그런데도 질리지 않았다. 계속 여기에 있고 싶었다.
왜냐하면 내 곁에 아카리가 있으니까.
지루함조차 지루하지 않게 느껴졌다.
이대로 시간이 멈췄으면 좋겠다는 철없는 생각까지 할 만큼.
"그렇게 생각하는 건 지금 시간이 한정되어 있기 때문이겠지."
아카리를 만난 지 30분 정도 지났을까. 남은 시간이 그리 많지 않았다.
"아카리, 오늘 가족들과 파티하지?"
"네? 아…… 오빠가 그런 거까지 말해요?"

"응. 매년 하는 행사라고. 뭐, 녀석은 참석 안 할 거 같지만."

자세한 건 묻지 않았지만 하세베와 함께 있는 건 틀림없다.

"……선배만 괜찮다면 저 이대로 납치해 가셔도 돼요."

'윽……!'

마치 소악마처럼 아카리가 그렇게 속삭였다.

어딘가 고혹적이면서도 한편으로는 장난치는 것처럼 보이기도 했다.

그런 그녀의 모습에 심장이 미친 듯이 뛰었지만 나는 이성을 부여잡고 고개를 저었다.

"가족끼리 오붓하게 보낼 생각에 정성껏 준비하셨을 텐데 내가 그 시간을 뺏으면 안 되지."

"후후, 그러네요."

아카리의 모습에서 실망하거나 시무룩해하는 기색은 찾아볼 수 없었다.

그녀는 내가 그렇게 대답할 줄 이미 알고 있었던 모양이다.

하지만 그렇다면 내가 만약 정말로 나랑 있다고 했다면 나랑 있어 줬을까 궁금해지는 것도 사실이다.

……뭐, 나란 인간은 끝내 그걸 선택할 수 없겠지만.

"아, 맞다. 학원은 어때?"

"많이 도움이 돼요. 특히 시험 시간을 분배해서 쓰는 법이나 적절하게 마인드 컨트롤하는 법 같은 부분에서요."

"하긴, 이 시기가 되면 그런 얘기가 많이 나오지. 시험장에 들어가자마자 긴장해서 머릿속이 새하얘지는 사람도 있으니."

"선배는 어땠어요?"

"글쎄, 나는…… 평소와 똑같았던 거 같아."

세이오에 합격하고 싶은 마음이야 있었지만 그렇다고 일생일대의 승부처라는 각오까지는 없었던 것 같다.

먼저 입학 확정한 스바루에게는 미안하지만 대학은 다른 곳에도 있으니까…… 뭐, 그런 마음으로.

"우와…… 역시 선배!"

"아니, 그렇게 존경스럽다는 듯이 볼 정도는 아니야! 그냥 지금 생각하면 별생각이 없었다고나 할까? 별로 자랑할 만한 일도 아니야."

"아녜요, 그렇게 해서 결국 합격하셨잖아요. 선배를 본받아 저도 조금은 힘을 빼는 게 좋을지도……."

"뭐, 그냥 내가 그런 성격이었던 거야."

아카리가 내 경험담을 잘못된 받아들이면 큰일이었다.

아카리는 배짱을 부리면 오히려 더 걱정이 되는 타입이었다. 여행은 철저하게 계획을 세워서 다녀야 하는 그런 타입이랄까.

"그나저나 너무 진지한 얘기만 해서 재미없지? 이런 날까지 이래서 미안——"

"아뇨. 그렇지 않아요."

아카리가 씩 웃었다.

"저도 선배랑 이런 이야기 하고 싶었는걸요. 뭐, 저는 '열심히 하고 있어요!' 하는 어필에 가깝지만요."

그렇게 말하면서 내 손을 슥 놓는 아카리.

여우가 따로 없었다. 물론 좋은 의미로.

나는 손을 들어 그녀의 머리를 부드럽게 쓰다듬었다. 눈 때문에 차가워진 장갑은 당연히 벗고.

살짝 젖은 아카리의 머리카락이 손에 달라붙는다.

그렇지만 불쾌하지는 않았다. 오히려 뭐랄까…… 야릇한 느낌마저 들었다.

왜일까.

"후후."

아카리는 기분이 좋은 듯 가만히 내 손길을 즐겼다.

눈꼬리도 입매도 완전히 풀려서 아주 편안해 보였다.

"시험 보는 동안 선배가 제 옆자리에 앉아 머리를 쓰다듬어 주면 좋을 텐데."

"아하하……."

그것 참 이상한 광경이겠네.

설령 허락된다 해도 내 팔은 저릴 테고 아카리도 완전히 늘어져서 문제를 풀 상태가 아니겠지.

"최소한 선배가 쓰다듬어 주는 이 감각을 기억했다가 시험 쉬는 시간에 떠올릴 수 있다면!"

"그런 노력은 다른 쪽에 쏟는 게 맞지 않을까……?"

진심인지 아닌지는 모르겠지만 진지한 표정을 짓는 아카리를 보며 나 역시 진지하게 한마디를 하고 말았다.

그리고 서로를 빤히 바라보다가…… 동시에 웃음을 터트렸다.

"푸흡!"

"하하하!"

내용만 보면 별거 아니었다. 분명 나중에 떠올리면 '이게 뭐가 그렇게 웃겼을까' 하고 생각할 정도로.

하지만 이 여유로움이 좋았다.

애쓰지 않아도 되고, 억지로 재밌는 화제를 찾지 않아도 됐다.

있는 그대로, 평소의 내 모습 그대로 있어도 마치 퍼즐처럼 꼭 들어맞는 이 관계가 정말 편안했다.

그래서 헤어지는 게 더 힘들지만.

"……슬슬 돌아가야 할 시간이네."

밤 여덟 시가 넘은 시각.

가족이 기다리고 있을 테니 이 이상 아카리를 독점할 수는 없었다.

"……일부러 시간 내서 와 주셨는데."

아카리가 고개를 숙인 채 토라진 듯이 중얼거렸다.

아쉽다는 마음이 목소리에서 뚝뚝 묻어났다. 나도 같은 마음이라 더 그렇게 들리는 것 같았다.

그렇지만 나에게도 연상으로서, 그리고 남자로서 내 여자를 지켜야 한다는 책임감이 있었다.

"아……."

아카리가 작게 소리를 터트렸다.

내가 그녀의 손을 잡고 역을 향해 걷기 시작했기 때문이다.

"바래다줄게. 최대한 오래 같이 있고 싶으니까."

"……! 네!"

내가 할 수 있는 건 마음 한 조각을 꺼내 보이는 것뿐.

지금은 아직.

◇◇◇

아카리를 집에 데려다주기 위해 역으로 걷기 시작할 때부터 우리는 아무 말도 하지 않았다.

딱히 어색해서 그런 건 아니었다. 다만 아직 말하지 못한 것이 잔뜩 있는데 이 시간이 끝나 가는 게 아쉬워서, 그렇지만 지금 열심히 떠든다고 결코 만족하지 못할 것을 알기에…….

뭔가 말로 표현하기 어렵지만 분명 아카리도 같은 마음일 거라 생각한다.

이게 바로 연애. 그리고 잠시기는 하지만 이것이 이별. 이 쓸쓸한 감정에는 평생 익숙해질 수 없을 거 같았다.

아카리와 보낸 시간은 채 한 시간도 되지 않았다.

나는 이제 아카리와 헤어진 뒤 혼자 신칸센을 타고 자취하는 집으로 돌아가야 했다.

그래도 후회는 없다. 오로지 아카리를 만나기 위해 온 거고, 아카리와 만난 이 시간은 무엇과도 바꿀 수 없는 소중한 시간이 되었으니까.

하지만 아쉬움은 남았다.

앞으로도 계속 이런 일이 반복되겠지. 설령 아카리가 시험을 잘 봐서 같은 대학에 다니게 된다 해도 1분 1초도 떨어지지 않고 있을 수는 없을 테니까.

아카리와 함께 지내고, 마음에 담게 되고, 결국 이어지고…… 이미 많은 것을 얻었다.

그 기쁨에 비하면 이런 쓸쓸함쯤은 견딜 수 있었다.

"역에 도착했네요."

아카리가 조그마한 목소리로 중얼거렸다.

정신을 차리고 보니 어느새 아카리네 집 근처 역에 도착해 있었다.

여기서 한 10분 정도만 더 걸으면…… 이 시간이 끝난다.

"아카리, 좀 돌아서 갈까?"

나는

개찰구를 빠져나오자마자 아카리에게 그렇게 제안했다.

곧 다가오는 이별이 싫어 먹히지도 않을 발버둥을 치겠다는 의미도 약간 있지만…… 오늘 꼭 해야 할 일이 아직 남아 있었다.

"네, 좋아요!"

아카리는 아무런 의심 없이 천진난만한 미소를 지으며 고개를 끄덕였다.

눈은 아까보다 조금 더 많이 오고 있었다.

아직은 우산을 쓰지 않아도 괜찮지만 집에 가면 코트가 젖어서 번거로워질 것 같은, 그런 정도.

어쨌든 아카리가 감기에 걸리면 큰일이니 밖에 오래 있는 건 좋지 않아 보였다.

'마치 날씨가 내 등을 떠미는 것 같은 그런 느낌도 드네…….'

멀리 돌아서 가자고 제안하긴 했지만 특별이 그 길에 무슨 목적이 있는 건 아니었다.

그저 긴장으로 터질 듯이 뛰는 심장을 조금이라도 진정시키고 싶은 이유가 컸다.

"왜 그래요, 선배?"

"어?"

"표정이 굳었어요."

아카리가 나를 걱정하는 눈빛으로 올려다본다.

긴장한 게 얼굴에 드러난 모양이다. 얼른 손을 올려 입을 가려 보지만 당연히 이미 들킨 뒤라 의미 없는 행동이었다.

"실은 좀 긴장했어."

"긴장…… 했다고요?"

아카리가 고개를 갸웃거린다.

시험 볼 때 긴장하지 않았다고 불과 몇 분 전에 잘난 척을 한 나지만, 솔직히 지금 이 순간만큼은 수능 때와는 비교도 안 될 만큼 어마어마한 긴장이 나를 덮치고 있었다.

오늘 이곳까지 온 이유 중 하나.

만약 긴장에 짓눌려 그걸 해내지 못한다면 분명히 후회할 것이다. 자기혐오에 빠져 한동안 역 화장실에 틀어박혀 있을 게 뻔했다.

"후~…… ."

나는 크게 숨을 내쉬었다.

새하얀 입김이 어둠 속에 떠올라 조용한 주택가의 가로등 불빛에 비쳤다 흩어진다.

흔하디흔한 골목길이라 로맨틱한 분위기와는 거리가 멀지만, 안타깝게도 아직 나에게는 휘황찬란한 일루미네이션 아래에서 수많은 사람의 시선을 받으며 행동에 나설 배짱이 없었다.

그건 또 조만간, 아니 언젠가 결심이 서면 노력해 봐야겠지.

"아카리."

"네?"

가로등 아래에서 걸음을 멈추고, 나는 그녀의 이름을 불렀다.

아카리도 나를 따라 멈춰 서더니 내 얼굴을 보며 다시 고개를 갸웃거렸다.

"저기, 그…… "

긴장한 데다 어쩐지 묘하게 얼굴도 뜨거워져서…… 나는 간결하기 그지없는 말과 함께 백팩에서 그것을 꺼내 아카리에게 내밀었다.

산타와 크리스마스트리가 귀엽게 그려진 작은 종이봉투

오늘이 무슨 날인지 생각하면 누구라도 그게 무엇인지 바로 알아맞힐 수 있을 것이다.

아카리의 눈이 점점 커졌다.

"좀 이르기는 하지만 메리 크리스마스. 그리고 생일 축하해."

더 멋지게 말할 수도 있을 텐데.

속에서 냉철한 내가 한숨을 푹 쉬기는 했지만, 그래도 전하고 싶은 말은 제대로 전할 수 있었다.

아카리는 눈을 동그랗게 뜬 채 조심스레 손을 뻗어 종이봉투를 받아 들었다.

"여, 열어 봐도 돼요?"

"당연하지."

그렇게 말하면서도 심장이 또다시 쿵쾅거렸다.

다시 말해 나는 지금 아카리가 이 선물을 기뻐해 줄지 어떨지 하는 걱정에 긴장하고 있는 것이었다.

지금까지 살아오면서 가족 외에 어느 누구에게도 이런 식으로 온 마음을 담아 선물을 한 적은 없었다.

하물며 상대는 처음으로 사귄 연인, 즉 이성이었다.

남자로 19년 동안 살아오면서 길러 온 감각은 쓸모없게 만드는 상대.

인터넷으로도 찾아보고 점원에게도 물어보면서 간신히 고른 게 바로 지금 아카리의 손에 들린 저것이었다. 아카리가 기뻐해 줬으면 좋겠는데…… 마음에 들어 할까?

온몸을 울리는 고동을 느끼면서 지켜보는 가운데 아카리가 봉투 속 물건을 꺼냈다.

"아, 귀여워……!"

아카리는 내용물을 보고 그렇게 중얼거렸다.

선물로 고른 것은 목걸이였다.

평소에도 부담 없이 착용할 수 있도록 나름 신경 써서 심플한 디자인으로 골랐다.

그래서 반대로 밋밋하다고 생각할까 걱정했지만…… 반응을 보아 하니 순수하게 기뻐하는 것 같아서 내심 안도했다.

"정말 기뻐요! 매일 하고 다닐게요!"

"아하하, 학교에서 걸리지 않게 조심하고."

"아, 그런가…… 그럼 중요한 날에만 하고 소중하게 아낄게요."

아카리는 그렇게 말하며 목걸이를 내려다봤다.

부드러운 눈빛으로 한참을 바라보다가――

"……아!"

갑자기 무슨 생각이 떠올랐다는 듯이 눈을 동그랗게 뜨더니, 목에 두르고 있던 목도리를 풀었다.

"기왕이면 선배가 직접 걸어 주세요!"

가슴을 앞으로 쭉 내밀며 아카리가 그렇게 졸랐다.

"어? 지, 지금?!"

"당연하죠! 이때 아니면 언제 해요. 눈이 좀 차갑긴 하지만요."

얼른요, 하고 재촉하는 아카리.

전혀 예상하지 못했지만, 듣고 보니 선물한 목걸이를 채워 달라고 하는 건 자연스러운 반응인 것 같기도 했다.

이건 해 주지 않는 게 오히려 이상……하겠지?

"아, 알았어."

나는 고개를 끄덕이고는 선물한 목걸이를 다시 받아 들었다.

괜찮아, 채우는 방법은 알고 있으니까.

"자, 준비됐어요."

아카리가 그렇게 말하더니 턱을 들어올렸다.

"어…… 정면에서 걸어 달라고……?"

"네."

보통 이럴 때는 잠그기 쉽게 잠금장치가 향하는 등을 보이고 서는 게 맞지 않나……?

어쩐지 정면에서 하려니 단숨에 난이도가 올라간 느낌이다.

'그래도 할 수밖에 없어!'

나는 그렇게 마음을 다잡고 정면에서 아카리의 목 뒤로 손을 뻗었다.

다른 사람에게 목걸이를 걸어 주는 것도 처음인 데다 가로등 아래라고는 해도 어두워서 잘 보이지가 않았다.

'방법을 알아도 잘 안 되네…….'

어떻게든 채우려고 애를 써 보지만 고리가 제대로 걸리지 않아 진땀이 흘렀다.

그래서 집중하다 보니 점점 몸이 앞으로 기울었고, 정신을 차렸을 땐——

"…………!"

"읏……."

아카리가 나를 올려다보며 숨을 삼켰다.

그리고 나도 무의식중에 숨을 멈췄다.

목걸이 잠금장치를 거는 데에만 신경을 쓴 탓에 우리 두 사람의 얼굴이 코끝이 스칠 정도로 가까워져 있었다……!!

"미, 미안!"

"괘, 괜찮아요! 그, 그냥 이대로……."

화들짝 놀라 멀어지려 하자 아카리가 내 팔을 덥석 잡으며 제지했다.

숨결이 그대로 내 얼굴에 닿는 그 아찔한 거리에서 아카리는 촉촉이 젖은 눈동자로 나를 바라봤다.

"이대로, 계속해 주세요……!"

"으, 응. 알았어."

알았다고 한 이상 더는 물러설 수 없었다.

어떻게든 빨리 채우자!

'제발…… 채워져라……!'

초조한 마음에 안간힘을 쓰고, 쓰고, 또 쓴 끝에——

——달칵!

'됐다……!'

드디어 고리를 채웠다고 안도한 것도 잠시.

"으으……."

아카리가 위험하다!!

눈에는 눈물이 그렁그렁하고 얼굴은 곧 터질 듯이 새빨갛고…… 어떻게 봐도 거의 한계였다.

"선배가 가까워…… 멋있어……."

"나, 나 다 했어! 이제 진짜 괜찮아!"

그렇게 말하며 몸을 물리려 하다가…… 여전히 아카리의 손에 팔이 잡혀 있는 것을 깨달았다.

"아, 아카리……?"

"저기, 선배."

쥐어짜낸 듯한 목소리.

문득 걱정스러운 마음이 들었지만 그런 내 마음과는 관계없이 아카리가 나를 붙잡는 힘은 더 강해졌다.

절대로 놓지 않아.

그런 의지가 느껴질 정도로.

"저, 저…… 오늘 생일이잖아요."

"으, 응. 그렇지?"

"그런데 선물은 하나뿐인 거죠?"

"헉……!"

아픈 곳을 찔리고 말았다.

아니, 물론 은근슬쩍 넘어갈 생각은 없었지만.

"아, 미, 미안. 하나 고르는 데에도 시간이 많이 걸려서……."

생일 선물……이라기보다 두 번째 선물은 나중에 따로 줄 생각이었다.

그렇지만 말은 미리 해 둘걸 싶었다. 나에게 실망했을 게 분명했다.

"남은 선물 하나도 다음에 꼭――"

"싫어요."

"……어?"

"생일도, 크리스마스도 오늘이잖아요. 그렇다면 오늘 안에 받아야 의미가 있는 거 아네요?!"

"그, 그건 그렇지만……."

엄밀히 말해 크리스마스는 내일이지만…… 뭐가 됐든 나는 오늘 본가에서 자지 않고 자취방으로 돌아갈 예정이라 따져 봤자 의미 없는 일이기는 했다.

게다가 만에 하나 내일 선물을 줄 기회가 있다 해도 하나 준비하는 데도 벅찼던 내가 내일까지 만족할 만한 선물을 또 준비할 수 있을 리 없었다.

"그러니까 지금 주세요."

아카리는 그런 내 생각을 잘라버리듯 말을 얼른 말을 덧붙였다.

내일도 아니고 지금이라니, 더 말이 안 되지!

그렇게 생각하면서 아카리를 바라보는데――

'……아.'

그녀의 눈을 본 순간 알 수 있었다.

아카리가 지금 무엇을 원하는지.

무엇을 받고 싶은지…… 깨닫고 말았다.

"…………."

아카리는 나를 똑바로 바라봤다.
강렬한 시선…… 그건 용기를 한껏 쥐어짜낸 시선이었다.
"아, 아카리……."
그래, 오늘은 크리스마스이브.
연인들이 특별한 시간을 보내는 1년에 한 번뿐인 밤.
그러니 그렇게 되는 것도 자연스러운 흐름이었다.
"그 대신…… 저도 드릴게요……"
마치 이 세상의 것이 아닌 듯한 신비롭고 매혹적인 목소리였다.
형체를 지닌 목소리가 직접 뇌를 녹여 버리는 듯한 그런 감각.
아카리가 잡고 있지 않았다면 다리에 힘이 빠져 그 자리에 주저앉았을지도 모른다고 생각할 정도로 파괴력이 강했다.
"……읏."
아카리의 숨결이 입술을 간지럽히고, 나는 나도 모르게 침을 삼켰다.
정말 괜찮은 걸까? 크리스마스라지만 아무리 그래도 이렇게 쉽게…….
"선배……."
"아……!"
아카리가 긴장과 불안, 그리고 기대가 뒤섞인 목소리로 나를 부르며 눈을 감았다.
그래, 아카리도 긴장하고 불안해하고 있어. 그런데도 내가 응해주길 기대하는 거야.
그러니까…….
결심을 굳힌 순간, 내 안에 있던 망설임은 사라져 버렸다.

"아카리."

무의식중에 나는 그녀의 이름을 불렀다.

아카리는 몸을 움찔 떨면서도 두 눈은 꼭 감은 채 내가 다가오기를 기다렸다.

그 모습이 너무나도 사랑스러웠다.

"너를 좋아해."

다시 한번 마음을 확인하듯…… 아니, 아니다.

이건 맹세다.

다시는 절대 불안하게 하지 않을 거야. 네 손을 놓지 않을 거야.

용기를 내서 내 곁에 와 준 너를, 나를 올곧게 바라보며 생각해 주는 너를.

나는 앞으로도 영원히 사랑할 거야.

그렇게 맹세했다.

◇◇◇

"으응……."

얼굴을 떼자, 아카리의 입술 새로 작게 숨이 새어 나오는 소리가 들렸다.

천천히 눈꺼풀이 올라간다. 코앞에서 나를 바라보는 그 눈동자는 녹아내린 것처럼 번져 있었다.

"…………."

"…………."

우리는 아무 말 없이 서로를 바라봤다.

뭐라고 할까…… 꿈꾸는 기분이랄까?

닿았던 시간은 아주 짧은 한순간이었는데 마치 영원처럼 느껴졌다.

입술에는 여전히 그 감촉이 남아 있어서…… 여운이 엄청났다.

'……나, 아카리랑 했구나…….'

사귀게 되었으니 언젠가는 하겠다 싶었다.

그렇지만 오늘이 그날일 줄은 꿈에도 몰랐다.

"해 버렸, 네요……."

"으, 응."

황홀한 표정으로 중얼거리는 아카리를 보며 나는 어색하게 고개를 끄덕였다.

뭔가 기분이 이상했다. 아카리에게 얼굴을 보이는 게 부끄럽다 생각하면서도 눈을 뗄 수 없었다.

촉촉이 젖은 눈동자, 그리고 방금까지 맞닿아 있던 촉촉한 입술.

손을 잡아도 봤고, 끌어안기도 해서 스킨십이 처음은 아니었지만 역시 그것들과는 전혀 달랐다.

연인으로서 확실히 한 걸음 더 나아간 것 같다.

"솔직히 지금까지는 생일과 크리스마스가 같이 오는 게 싫었어요. 왜냐하면 두 개를 한 번에 해치우잖아요."

그 상황은 어렵지 않게 상상할 수 있었다.

결국 나도 선물을 하나만 가지고 왔으니 할 말이 없었다.

"하지만 오늘은 두 날이 같이 와서 행복하다고 생각했어요! 이렇게 멋진 선물을 두 개나 받았으니까요."

그렇게 말하며 아카리는 나를 꼭 껴안았다.

자연스레 그녀의 귀가 내 가슴에 닿았고——

"선배, 심장이 엄청 빨리 뛰고 있어요."

"윽……!"

당연한 일이었다.

사랑하는 사람과 처음으로…… 키스를 했으니까.

그리고 그와 동시에 더욱 아카리를 원하게 되었다.

지금 이 순간만큼은 나도 내가 남자라는 걸 자각하지 않을 수 없었다.

하지만…….

——부웅. 부우웅.

"아……."

아카리의 가방에서 스마트폰 진동 소리가 들렸다.

아마 너무 늦어서 걱정되신 부모님이 전화를 하신 모양이었다.

"죄, 죄송해요, 선배."

"괜찮아, 신경쓰지 말고 받아."

아카리는 미안해하며 나에게서 조금 떨어져서 전화를 받더니, 지금 집 근처라고 보고를 했다.

그런 그녀를 보며 아쉬움도 느끼고, 안도도 하고…… 참 복잡미묘한 심경이었다.

'연상로서의 책임감은 무슨…….

만약 우리 만남에 제한된 시간이 없었다면 나는 분명 그대로 폭주했을 것이다.

키스뿐만이 아니라 그다음을, 더 깊이…… 그렇게 생각했을 것이다.

"응…… 알았어. 금방 들어갈게. 응, 끊어요."

아카리가 전화를 끊고 풀이 죽은 얼굴로 나를 돌아봤다.

"아무래도 너무 늦는다고 데리러 갈까 하고 물으시네요……."

"충분히 그러실 만하지."

시간을 확인하지는 않았지만 역에 도착한 뒤로 시간이 꽤 지난 느낌이 들었다.

이미 충분한 시간을 할애받았다. 아쉬워하는 건 좋지 않았다.

그리고…… 오늘은 이 행복한 마음을 가지고 마무리하고 싶었다.

"아카리, 같이 있을 수 있어서 좋았어."

"선배…… 저도예요. 정말, 정말로……!"

"그러니까 내년에도 같이 보내자. 오늘보다 더 오랜 시간을, 단둘이서."

"……!"

아카리의 눈이 휘둥그레졌다.

이내 눈물을 글썽이더니…… 기쁘다는 듯이 환하게 웃어 주었다.

"그럼 오늘은 최선을 다해 가족들과 시간을 보낼게요. 내년에는 선배가 독차지할 테니까요!"

"응, 기대해도 좋아."

이렇게 해서 내가 한 달 넘게 고민하고 또 고민했던 12월 24일이 끝났다. 일 년 뒤에 큰 과제를 남기고서.

부모님보다 더 축하해 줘야 한다는 미션은 매우 고난도처럼 느껴졌지만 절망감은 전혀 들지 않았다. 오히려 기대되는 마음이 컸다.

물론 막강 코앞으로 다가오면 또 머리를 싸매겠지만…… 그렇기 때문에 좋아해 줬을 때의 기쁨도 클 것이다.

아카리와 헤어지고, 나는 신칸센에 올라탔다. 지금쯤 가족들과 있는 걸 먹고 있겠지 하고 생각하고 있는데, 때마침 사진이 날아왔다.

사진에는 예쁜 케이크가 올려진 접시를 들고 활짝 웃고 있는 아카리의 모습이 담겨 있었다. 즐거워하는 모습이 무척이나 귀여웠다.

그 뒤로도 그녀가 보내 준 보고용 사진들을 바라보며, 나는 충만한 기분으로 집에 돌아갔다.

에필로그

“이냐…… 크리스마스라는 건 진짜 위대해. 예수님께 태어나 줘서 고맙다고 절하고 싶은 심정이야. 거의 2천 년 넘었는데도 새삼 다시 전도하고 싶어졌어. 뭐, 아카리 생일 때마다 같은 생각을 하기는 했지만.”

“……그러냐.”

오늘은 1월 2일.

스바루가 연락도 없이 집으로 찾아오더니, 새해 인사는 대충하고 새해 벽두부터 연애 자랑에 여념이 없었다.

거의 한 시간…… 아니, 두 시간쯤 됐나? 하세베와 있었던 일을 자랑거리마냥 쉴 새 없이 떠들어 댔다.

뭐, 그냥 둘이 뭐 하고 놀았는지만 듣는 것라면 그런대로 괜찮았다.

그러나 오늘 스바루는 조금이라도 민감한 이야기로 넘어갈라치면 “아차차, 이건 나나미랑 나 둘만의 비밀이니까 패스!” 하고 열 받는 얼굴로 말을 잘랐다. 누가 들으면 제발 말해 달라고 애원한 줄 알겠네.

게다가 “그녀는 고독한 나에게 내려온 천사 그 자체~”라는 등 수식어가 덕지덕지 붙은 오글거리는 멘트만 잔뜩이고 실질적으로 이렇다 할 내용은 하나도 없었다.

끝내는 그 빈약한 스토리를 몇 번이고 반복하는 것이다.

대체 몇 번째 같은 이야기를 들었는지 모르겠다. 나는 누구고 여긴 어디지? 왜 이런 얘기를 듣고 있는 거지? ……머릿속이 멍해져 갔다.

"……야, 듣고 있어?"

"어어, 듣고 있어 듣고 있어."

"거짓말. 안 듣고 있지!"

나는 아마 평생을 통틀어 가장 자연스럽게 거짓말을 했다.

너무나 매끄러운 나머지, 스바루도 아무런 의심 없이 그대로 받아들일 정도였다.

"참 나, 내가 이렇게 귀하디귀한 이야기를 들려주고 있는데."

"어디를 봐서 귀한 이야기인데."

요즘 여자 친구가 생겼다고 오냐오냐해줬더니 그사이에 이렇게 기고만장해지다니.

"……뭐냐, 그 한심하다는 눈빛은? 그게 지금 미래의 형님한테 할 눈깔이냐?!"

"그놈의 형님 드립은 참. 그걸 왜 그렇게 좋아하냐?"

"네가 '형님' 하고 부를 걸 생각하니 재밌어서 참을 수가 있어야지."

"재미는 무슨. 소름만 돋는구만."

"소름이 왜 돋아. 나는 아닌데? 그럼 지금부터 연습할까? 자, 따라해 봐. 형님~."

아카리와 나중에 그렇게 돼도 스바루한테 그 호칭을 쓰고 싶진 않았다. 뭐랄까, 그냥 몸이 거부를 한다.

그렇지만 스바루는 형님이라 불리고 싶어 안달이 난 상태……

이러면 스바루는 진짜 귀찮아진다.

어떻게든 그럴듯한 이유로 마음을 돌려야 하는데…….

그렇게 나는 오늘 스바루를 만나고 나서 처음으로 머리를 굴렸다.

"……그런 관계가 되면 더 이상 대등하게 있을 수 없잖아. 나는 그렇게 쉽게 베프를 잃고 싶지 않아."

"모토무, 너……!!"

내 말에 스바루가 감격한 듯이 눈물을 글썽거린다.

"그래, 맞아! 우리는 베프야! 평생 친구!"

……너무 단순한 거 아니냐?

아니, 내가 먼저 말한 거긴 하지만…….

"그렇다면 베프인 너에게 내 행복을 좀 나눠 줘야——"

"아니, 그건 이미 충분해! 귀에 딱지가 앉을 정도로 들었다고!"

우와, 너무 나갔나?!

신이 난 스바루가 또다시 이야기를 반복하려고 하는 바람에 나는 황급히 그를 제지했다.

만약 또 같은 얘기가 반복되면 나는 진짜 잘 잘 자신이 있다.

"그럼 너는 어땠는데?"

"나?"

"크리스마스이브에 아카리 만나러 갔었잖아."

"아…… 그때는 고마웠다."

"내가 친 사고 내가 수습한 건데 뭐……."

스바루는 그렇게 말하며 민망하다는 듯이 고개를 푹 숙였다.

스바루가 아카리에게 거의 애원하다시피 사과를 했다는 건 이미 들어 알고 있었다. 그래서 나도 스바루에게 화를 낼 수 없을뿐더러 결과적으로 아카리와 솔직하게 이야기하고 넘어갔으니 잘된 일이라고 볼 수도 있었다.

'하지만 선선히 고맙다고 했다가는 또 기고만장해져서 있는 얘기 없는 얘기 다 떠벌리겠지…….'

스바루에게는 미안한 일이지만 그런 의미에서는 이번 일은 교훈으로 삼아야 했다.

앞으로도 아카리와 잘 사귀기 위해…… 아니, 편하게 이용해 먹겠다거나 그런 꿍꿍이가 있는 건 아니다.

"그래서 아카리와 어땠는데?"

"아, 음…… 그건 비밀이야."

아무튼 그런 이유로 나는 빠르게 정보를 차단하기로 했다.

……뭐, 처음부터 그날 밤 아카리와 있었던 일은 스바루뿐만 아니라 누구에게도 말할 생각이 없었지만.

그날의 추억은 마음속에 간직해 놓고 평생 혼자 되새기고 싶었다.

"비밀이라니 너…… 혹시 야한 짓 한 거 아냐?!"

"뭐?!"

"말해 두는데, 네 형님은 포기해도 아카리의 오빠를 그만둘 생각은 없거든? 내 눈에 흙이 들어갈 때까지 그건 절대 허락할 수 없으니까 그렇게 알아라!!"

"으, 응."

매우 살벌한 모습에 나는 그저 고개를 끄덕일 수밖에 없었다.

"그래서, 안 한 거 맞지?"

"어?"

안 한 거 맞느냐니…… 아까 말한 그 야한 짓을 말하는 거겠지?

안 했다……고 말해도 되나?

일단 키스는 했으니.

"……야, 왜 대답이 바로 안 나오는데!"

"아니, 그게……."

"했구나? 한 거지? 했네, 이거!!"

내가 말을 흐렸기 때문일까. 단단히 오해한 스바루가 눈을 부릅뜨고 어깨를 덥석 움켜쥐었다.

매우 살벌한 모습에 내심 두려움을 느끼며,

"안 했어! 안 했다고!!"

필사적으로 그렇게 대답했다.

……스바루의 기준에서 키스는 야한 행위에 포함되지 않는다고 믿자. 응.

"그러면 됐어."

내 절박함이 전해졌는지 스바루는 믿고 물러났다.

"잘 들어, 모토무. 내가 아카리랑 사귀는 건 허락해 줬지만 선은 넘지 말고 제대로 지켜라. 그리고 아카리를 행복하게 해 줄 것! 슬프게 하지 않을 것! 오빠가 정말 정말 좋다고 말해도 브라콤이라고 면박 주지 말 것!!"

"……어, 그래."

이런 식으로 못을 박는 게 벌써 몇 번째인지.

근데 스바루는 시스콤이 확실하지만 아카리가 브라콤인지는…… 뭐, 말을 아끼자.

"그럼 하고 싶은 얘기도 얼추 다 했으니…… 일단 밥이라도 먹으로 갈까?"

"뭐야, 집에 안 가고?"

"어. 본론은 끝났는데 아직 곁다리 일이 남았거든."

"곁다리 일?"

"연휴 끝나고 있을 시험에 대비해 노트 좀 베끼려고."

"너 역시 아무런 대책도 안 세워 뒀던 거냐?!"

"까딱하면 학점이 절반 이상 날아갈지도 몰라. 우리 학교는 유급은 없어도 학점이 모자라면 결국 졸업을 못하잖냐…… 그러니까 부탁한다, 친구야!"

"……베프도 취소해도 되냐?"

"어째서! 부탁한다, 친구야! 이번에는 진짜로 위험하다고! 다음부터는 정신 차리고 제대로 필기할게!!"

"너 1학기에도 같은 말 했잖아……."

그렇게 처절하게 매달리는 스바루.

그런 베프(가칭)를 경멸 섞인 눈빛으로 바라보면서도 나는 그를 뿌리칠 수 없었다.

"…………어쩔 수 없지. 이번이 진짜 마지막이다."

"오오! 진짜 고맙다, 내 목숨과도 같은 친구야! 답례로 오늘 밥은 내가 산다!"

아아, 결국 또 넘어가 버렸다.

이런 식으로 나는 항상 그의 생떼를 받아주고 만다. 스바루와 하세베에게 불화가 생겼을 때도 그랬다.

그때 일은 그렇다 쳐도 오늘 일은 현실을 직시하도록 냉정하게 내치는 편이 스바루를 위해 더 나았을지도 모른다.

하지만…… 벼랑 끝에서 손가락 하나로 매달려 목숨을 구걸하는 친구의 모습을 바로 코앞에서 보고도 그 누가 그냥 지나칠 수 있을까.

학점 따위로 호들갑이라고 생각할 수 있지만 스바루는 목숨을 구걸하는 데 도가 튼 사람이다.

진지하게 어떻게 할까 고민하는 게 바보같이 느껴질 정도로.

"제대로 얻어먹을 거다."

"오케이!"

조금 전까지 보였던 비장함은 완전히 사라지고 의기양양하게 가슴을 탁 치는 스바루.

그렇게 집을 나선 우리였지만…… 신정 연휴라 대부분의 가게가 열지 않아 결국 편의점 음식으로 사례를 받고 말았다.

……이거 화내도 되지?

◇◇◇

해가 바뀌고 한 달 뒤.

벌써 2월을 맞이하면서 대학교는 긴 겨울방학에 들어갔다. 그리고 나는 여전히 카페 '무스비'에서 알바를 하느라 여념이 없었다.

오늘도 열심히 일하고 폐점 준비를 하고 있는데, 유아 누나가 무슨 꿍꿍이가 있는 듯 실실 웃으며 나에게 말을 걸었다.

"저기, 모토무."

'……뭔가 불길한 예감이 드는데.'

"뭔가 불길한 예감이 든다는 표정이네?"

"……뭔데?"

정확하게 마음을 읽혔지만 여태껏 없던 일도 아니라서 나는 그냥 태연한 척하기로 했다.

그러나 유아 누나는 별로 재미가 없다는 표정을 지었다. 아주 잠깐이지만 이긴 기분이 들었다.

……마음을 읽힌 시점에서 이미 졌지만.

"뭐, 좋아."

유아 누나는 그런 내 소심한 반항을 무시하고서 아주 담담한 말투로 선언했다.

"나 또 한동안 해외에 나가 있을 거야."

"……뭐?"

순간 귀를 의심하며 누나에게 되묻고 말았다.

아니, 이 누나 취미가 분명 해외여행……이라기엔 좀 터프한 나홀로 여행이지만.

"누나 없으면 이 가게는 어떡하고."

"내가 없을 때도 아빠가 혼자 잘 운영했어. 뭐, 메뉴가 줄고 손님들에게 음식 나가는 속도가 좀 느려져서 거의 단골 중심으로 운영하기는 했지만."

"하지만 그럼 지금 늘어난 손님들은……."

"뭐, 어떻게든 되겠지."

그렇게 말하며 유아 누나는 킥킥 웃었다.

카페 '무스비'는 지난 1년 동안 폐점 시간을 늘리거나 기간 한정 메뉴를 내놓는 등 여러 시도를 거쳐 순조롭게 방문객 수를 늘려 나갔다.

원래 큰아버지의 취미로 연 가게라고는 하지만 장사가 잘되는 만큼 큰아버지도 은근히 기뻐하셨고, 손님들을 좀 더 만족시키고자 여러 아이디어를 짜내셨다.

그런 상황에서 주방과 홀을 동시에 담당하던 누나가 빠지는 건 ——

"네가 있잖아."

"아니, 나는 알바잖아. 거기다 아직 일도 제대로 다 못 배웠고."

"홀은 이제 충분히 너 혼자 돌릴 수 있어. 그렇게 하게끔 계속 가르쳐 왔으니까."

"지금까지 잘한다고 칭찬 한 번을 안 해 놓고 무슨."

"내가 말주변이 좀 없잖아♪"

……마음에도 없는 소리를.

그렇지만 이유 없이 칭찬하는 사람은 아니니 평소에 어떻게 생각했는지는 몰라도 방금 한 말은 빈말이 아닐 것이다.

"게다가 한 명 더 늘 거잖아."

"한 명 더라니…… 설마 아카리를 말하는 거야?"

"그래. 요리 실력도 제법 있는 것 같던데, 내가 지금까지 만들어 놓은 메뉴 레시피를 놓고 가면 분명 괜찮을 거야!"

"그렇게 대충해도 되는 거야……?"

설령 내가 홀을 혼자 완벽하게 커버하든, 아카리가 정말로 '무스비'에서 일하게 되어 유아 누나의 레시피를 재현하든, 우리가 학생 신분의 알바생이라는 사실에는 변함이 없다.

당연히 영업일 내내 풀타임으로 일할 수 있는 게 아니라서 어떻게 해도 구멍은 생긴다.

애당초 사령탑으로서 지휘하는 유아 누나의 능력을 대신할 수 있는 사람은——

'……아니다, 유아 누나를 여기에 계속 묶어 두는 거 자체가 불가능한 일이긴 하지.'

원래부터 유아 누나는 자유로운 영혼이었다.

마음이 가는 대로 훌쩍 떠나 국내외를 돌아다니고, 갑자기 돌아오고, 또다시 훌쩍 사라지기를 반복했다.

지난 1년 동안 '무스비'에서 얌전히 일한 게 오히려 해가 서쪽에서 뜰 일이었는데…… 아마도 그건 아까 누나가 말한 대로 나를 키우기 위해서였을지도 모른다.

"……이번엔 어디로 가?"

"응? 더 안 말려?"

"누나가 결정한 일이잖아. 큰아버지, 큰어머니도 말리지 않을 텐데 내가 뭐라고 입을 대겠어."

평생 기대고 살 수도 없는 노릇이고.

무엇보다 유아 누나는 자유롭게 사는 편이 훨씬 누나다웠다.

"보자, 이번에는…… 무난하게 동남아 쪽을 떠돌아 볼까 싶네. 한동안 안 가기도 했고."

"그렇구나……."

"아, 선물 사 올 테니까 잔뜩 기대하면서 기다리고 있어."
"뭔가 저주받았을 거 같은 정체불명의 인형만 아니면 좋겠네."
"무슨 그런 서운한 소리를! 내가 언제 그런 걸 사 왔다고……."
"사 왔거든? 그것도 여러 번! 어릴 때부터 트라우마였다고!"
"……오호라?"
마치 좋은 정보를 들었다는 듯한 유아 누나의 반응.
그러고 보니 무서워하면서도 그걸 알면 유아 누나가 놀릴 거라 생각해 애써 태연한 척을 했던 거 같은데…… 아차!
"그래, 그럼 아주 좋은 선물을 골라서 가져올게♪"
하…… 이건 완전히 내 무덤 내가 팠네.
이렇게 된 이상 유아 누나를 말리기보다 불길한 기념품이 누나 눈에 띄지 않기를 기도하는 수밖에 없었다.
"그나저나 모토무도 참 많이 컸네."
"뜨, 뜬금없이 무슨 소리야."
"아니, 얼마 전까지는 쬐깐한 동생한테 일을 떠넘기고 여행을 간다는 생각 자체를 못했거든."
유아 누나는 그렇게 말하면서 다가오더니, 내 머리를 쓰다듬으려고 손을 뻗었……다가 멈췄다.
"이런 것도 이젠 유치하려나."
어쩐지 조금 서운하다는 듯이 들렸다.
아니, 실제로 누나는 정말 서운해하고 있었다. 마음을 숨길 생각이 없는지 유아 누나의 표정에는 그 감정이 고스란히 드러나 있었다.
"나이를 먹으면 이게 문제야. 갑자기 옛날 생각이 난다니까~."

"가족이란 게 원래 그런 법이잖아."

"뭐야, 지금 나 위로해 주는 거야?"

"나도…… 누나랑 있으면 예전에 어릴 때 빨리 어른이 되고 싶다고 생각했던 게 떠올라."

"후훗, 나를 존경이라도 한 거야?"

"존경이라…… 그럴지도."

나에게 여덟 살 많은 유아 누나는 늘 우러러보던 어른의 표본 같은 존재였다.

능력도 뛰어나서 뭐든지 척척 해냈고, 주위로부터 믿음직스럽다는 말도 많이 들었으며, 성격도 시원시원해서 어린 나하고도 친구처럼 지냈다. 그런 누나를 보며 나도 이런 어른이 되고 싶다고 생각한 게 한두 번이 아니었다.

물론 점점 나이를 먹고 이런저런 일을 겪고 알아 가면서 유아 누나는 특수한 케이스라 절대로 그렇게 될 수 없다는 걸 깨달았지만.

"뭐야, 오늘 너무 솔직한 거 아냐? 부끄러운 말을 잘도 하네."

"나도 서운해서 그런 걸지도. 사촌지간이라지만 이렇게 오랜 시간 같이 있던 건 처음이잖아."

"그도 그러네."

가끔 놀러 가거나 놀러 오는 게 아니라면 지금까지는 기껏해야 친척 모임을 할 때나 만나는 사이였다.

부모님이 바쁠 때 누나가 나를 돌봐 주러 온 적도 있기는 하지만 그래 봐야 고작 며칠 정도.

지금은 매일은 아니지만 그래도 알바를 하면서 일주일에 몇 번은 얼굴을 보고 산다.

솔직히 이런 상황에 익숙해진 탓인지 이렇게 마주 보고 허심탄회하게 대화하는 것도 이제는 너무나 당연하게 느껴졌다.

친화력 좋고 벽을 느끼게 하지 않는 누나의 태도가 더 그렇게 만드는 것일 테지만.

그러니 서운하다는 말은 한 톨의 거짓 없는 진심이었다.

"……나 참. 얼굴에 다 드러난다."

"윽."

"다 컸어도 역시 여전한 부분은 여전하네."

"애 같다는 거야?"

"아니. 가족을 생각하는 착한 아이라는 뜻이야."

유아 누나가 이번에는 주저 없이 내 머리를 쓰다듬었다.

누나는 '머리가 흐트러지는 것은 내 알 바 아니고 그냥 내가 하고 싶으니까 한다'라는 생각이 전해질 정도로 거칠게 쓰다듬었다.

누구에게나 사랑받고 사회생활도 만렙인 누나지만 나에게만큼은 이렇게 막무가내랄까, 거리낌이 없었다.

"뭐, 해외로 나간다 해도 바로 가겠다는 말은 아냐."

"어? 그래?"

"당연하지. 준비는 하고 가야지 않겠어? 그렇게 쉽게 쓩 하고 갈 수 있는 게 아니라고."

"준비 같은 건 대충 하고 그냥 휙 떠나는 스타일 같은데."

"그럴 때도 있기는 하지!"

우쭐한 표정을 지으며 씩 웃는 유아 누나.

누나에게 들은 얘기들을 떠올려 보면 그럴 때도 있는 게 아니라 거의 매번 그 모양인 것 같던데…….

"대학교가 봄방학이기도…… 지금 나가면 졸업 여행도 겹치잖아. 북적거리는 건 정신없어서 싫어."

"그런가……?"

수학여행 시즌이 되면 교토나 오키나와 같은 관광지는 사람으로 미어터지기 때문에 피한다는 이야기를 들은 적이 있지만, 해외에서도 그런 게 있나 싶었다. 아니면 그냥 기분 문제?

"게다가 기왕이면 아카리가 웨이트리스가 된 모습도 보고 싶고! 정확히 말하면 우리 카페의 마스코트가 될 아카리를 예쁘게 꾸며 주고 싶어!"

"마지막까지 화려하게 저지르고 가겠다는 거네."

"아주 정확해!"

아카리와 유아 누나, 두 사람을 마스코트로 내세워 손님을 모으겠다는 말을 했던 거 같기도 한데…… 뭐, 누나가 말을 바꾸는 건 자주 있는 일이니.

실제로 아카리가 오면 해외로 가는 일정을 미룰지도 모르고, 갔다고 해도 생각보다 금방 들어올지도 모른다. 물론 그 반대가 될 수도 있고.

뭐가 됐든 유아 누나가 움직이는 기준은 하나다. '그때그때 재미있어 보이는 걸 한다'라는 것.

그런 의미에서 보면 누나가 어떤 선택을 하든 적어도 본인 한 명은 행복하니까…… 뭐, 그건 그거대로 나쁘지 않으려나.

"참고로 아카리가 입을 유니폼은 나한테 결정권이 있으니까 원하는 게 있다면 지금부터 열심히 내게 애교를 부려 보도록!"

"뭐?!"

"물론 앤티크하면서도 은밀한 쉼터 같은 세련된 가게 분위기에 어울려야 하니 야시시한 건 안 돼♪ "

"나, 나는 그런 말 한 적 없거든?!"

아니, 그보다 유니폼이라니 뭔데!

웨이트리스 차림이라는 건 상상이 가는데…… 그 전에 우리 카페는 기본적으로 사복(물론 TPO는 지킨다)에 앞치마만 걸치지, 따로 유니폼이랄 것이 없는데?

"누나, 아카리를 가지고 장난치려고 그러는 거면……."

"천만에! 내가 하면 나잇값을 못 한다는 소리를 듣겠지만 아카리라면 충분히 통할 거 같으니까 그러는 거지. 자, 이 사진을 봐."

뭐라 지적하기 어려운 자기 비하를 하면서 유아 누나는 스마트폰 화면을 내 쪽으로 내밀었다.

그 화면에는…… 문화제 때의 아카리가 떡하니 보였다!

"꼬마 마녀 코스프레 진짜 귀엽지? 이렇게까지 막 튈 필요는 없고 우리가 흔히 떠올리는 메이드복 정도만 입혀 놔도 충분히 잘 어울릴 거라 생각해~."

"아니, 이 사진을 대체 어떻게……?"

아카리가 보내지는 않았을 것이다. 당시에도 엄청 부끄러워했었으니까.

뭐, 여자들 세계는 잘 모르니 어쩌면 보냈을 수도 있다. 실제로 귀엽기도 했고, 자랑하고 싶은 마음이 들어도 이상한 건 아니니까. ……그래도 아카리는 아닐 거 같은데.

그럼 아카리 외에 유아 누나한테 이 사진을 보낼 만한 사람은…….

"미노리가 보내 줬어."

"역시 그 녀석이냐……."

사쿠라이 미노리. 아카리의 절친이자 아카리에게 마녀 의상을 입힌 장본인. 지난여름 짧게 여행을 다녀왔을 때 유아 누나와 안면을 트게 되었다.

둘 다 머리가 잘 돌아가고 성격도 크게 보면 비슷한 구석이 많은데…… 그래서 유아 누나가 재밌어할 거라 생각하고 사진을 보낸 건가?

그게 맞다면 놀랍게도 녀석의 의도는 아주 정확하게 들어맞았다.

"아니, 아무리 그래도 아카리의 의견도 들어 봐야……."

"후후, 그 애는 너를 위해서 입으라고 하면 기꺼이 입을걸?"

"나를 위해서가 아니라 손님들을 위해서잖아! 그리고 아무리 아카리가 귀여운 옷을 입고 있다고 해도 지금 분위기를 좋아하는 단골들은 싫어할 수도 있고……."

"'아카리가 귀여운 옷을 입고 있다고 해도'라니, 아직 무슨 옷을 입힐지도 말 안 했는데. 혹시 그거 '우리 아카리는 어떤 옷을 입어도 다 귀엽거든요!!'라고 자랑하는 거야?"

"아니, 왜 그 한 문장에만 꽂힌 거야! 그리고 난 그런 거 자랑한 적 없거든!"

아아, 이 누나 또 사람을 가지고 노네.

유아 누나가 깔깔거리며 즐겁게 웃는 게 그 증거였다.

재미가 최우선인 유아 누나의 눈에는 내가 발끈하는 모습조차

소위 말하는 꿀잼인 모양이었다.

'정말이지 못 당하겠네…….'

또 한 번 그렇게 생각하면서 봄부터 같이 일하게 될 아카리는 누나가 해외로 떠날 때까지 반드시 지켜 내겠다고 속으로 다짐했다.

◇◇◇

2월도 끝을 향해 달려가고 2학기 방학도 한 달밖에 안 남은 가운데, 나는 아침부터 느닷없이 찾아온 손님과 함께 시내 이곳저곳을 돌아다녔다.

[내일 그쪽으로 가니까 만나.]

이유도 말하지 않고 다짜고짜 그렇게 메시지를 보낸 뒤 다음 날 바로 집에 찾아온 사람은 내 후배이자 자칭 여동생이라 주장하는 사쿠라이 미노리였다.

"집 몇 개 봐 둔 게 있어."

미노리는 딱 그 말만 하고서 막 일어난 나에게 옷을 갈아입으라 명령하더니, 갈아입자마자 말할 틈도 주지 않고 밖으로 끌고 나갔다.

일단 상황을 정리해 보자.

미노리는 올해 4월부터 내가 다니는 세이오 학원 대학에 다니는 게 확정되었다.

당연히 거리가 먼 본가에서 통학하는 건 불가능했기에 나와서 자취를 하기로 했다.

그 때문에 집을 구하려고 일부러 여기까진 온 건데…… 어째서인지 나까지 끌고 다니는 중이었다.

"점심 사 줘."

게다가 밥까지 사 내라 한다…… 뭐, 어려운 일은 아니지만.

아침부터 두 군데를 돌아보느라 아침도 못 먹은 나는 이제야 숨을 돌릴 수 있었다.

참고로 오후에도 몇 군데 더 예약해 둔 모양이었다.

"점심이라…… 파스타 괜찮냐?"

"오므라이스."

"뭐?"

"오므라이스 먹을래."

아무래도 공주님께서는 드시고 싶은 게 따로 있었나 보다.

미노리는 곧장 라인으로 가게 링크를 보냈다.

확인해 보니 나도 이름을 들어 본 적 있는 이 근처 유명 양식당이었다.

갈 곳이 정해져 있으니 나도 마음이 한결 편했다.

"아마 조금 기다려야 할 텐데 괜찮아?"

"기다리지 뭐."

처음부터 가겠다고 점찍어 뒀는지 주말에 얼마나 사람이 많은지도 다 파악하고 있었다.

집 보러 다니는 것도 그렇고, 꽤 철저하게 준비한 느낌이다.

그런데 왜 나한테 연락은 전날 밤에 했냐…… 분명 더 일찍 말할 수 있었을 텐데.

볼멘소리가 목구멍 끝까지 차올랐지만 꾹 삼켰다.

나는 연장자에다가 대학에서도 선배가 되는 입장이니 어른으로서 관대함을 보여 줘야 해.

……뭐, 어설프게 반박했다가 배로 되돌려 받을 게 뻔히 보이기도 하고.

그렇게 10분 정도 줄을 선 뒤 맛본 문제의 오므라이스는 정말 맛있었다.

캐첩 대신 화이트소스를 끼얹는 게 이 집만의 스타일인 듯했는데, 진하고 깊은 맛과 부드럽고 촉촉한 달걀의 식감이 절묘하게 어우러져 입안에 들어가면 맛만 남긴 채 사르르 녹는 느낌이었다.

좀 더 일찍 먹어 볼걸 그랬네. 하지만 남자 혼자서 양식당에 들어오는 건 좀 레벨이 높은 것 같기도 하고…… 라멘 집이나 덮밥집은 괜찮은데 말이지.

뭐, 이번만큼은 이걸 맛볼 기회를 준 미노리에게 고마워하자. 물론 계산은 내가 하지만.

"후우."

미노리는 식후 커피를 마시면서 조금 피곤하다는 듯이 작게 한숨을 쉬었다.

참고로 커피는 나와 마찬가지로 설탕 없이 우유만 넣는 스타일이었다.

"그나저나 엄청 철저하게 준비했네."

"뭐가?"

"오늘 집 보는 거 말이야. 이렇게 여러 군데 볼 필요가 있나?"

"당연하지. 여자 혼자 사는 건데."

그러고 보니 여자는 남자보다 신경 써야 할 게 더 많다고 듣기는 들었다.

예쁜 건 물론이고 무엇보다 방범 시설이 잘된 곳이 최고라 했나.

아까 돌아본 두 곳도 베란다로 침입할 수 없도록 고층이거나 자동 잠금장치가 되어 있고 복도에는 CCTV도 설치되어 있는 곳이었다. ……아무리 미노리라도 그런 점은 제대로 고려하고 있는 건가.

"그리고 지금 시기에는 나처럼 이사하려는 사람이 많잖아. 좋은 집은 계속 없어지니까 얼른 결정해야지."

"그럼 아까 본 두 곳 중 한 곳으로 고르면 되잖아."

"오늘 중으로 답만 주면 기다린다고 했어. 그러니까 다른 거 본다고 달라지진 않아. 제대로 비교해서 좋은 집으로 골라야지."

미노리는 기가 막힌다는 듯이 한숨을 푹 쉬었다.

나는 지금 살고 있는 집 하나만 보고 바로 결정했으니 하는 말인데…….

"여러 군데 보면 나중에 집 정하고 살고 나서 '역시 그 집으로 할걸' 하고 후회하는 거 아냐?"

"……말은 되네."

입술을 삐죽이는 미노리.

선택지가 많아지면 많아질수록 고르지 못한 선택지도 늘어난다.

입지, 시설, 그리고 월세. 이 모든 조건이 갖춰진 완벽한 매물 같은 건 그렇게 쉽게 나타나지 않는다.

비교 검토를 아무리 많이 해 봤자 결국 어느 부분에서든 타협이 필요한 곳은 나온다는 게 내 생각이었다.

"나는 있지, 돌다리는 폭탄으로 폭파하고 건너는 타입이야."

"그건 그냥 돌다리를 파괴하는 거잖아."

"맞아. 의심할 만큼 의심하고 마지막에 그냥 패스하지."

"그건 그냥 사람 가지고 노는 거 아냐?"

아니, 나와서 살려면 결국은 집 하나를 골라야 하니 그 논리는 말이 되지 않았다.

'그나저나 오늘 미노리 기분이 엄청 좋은가 보네.'

이 녀석은 기분이 좋으면 말이 많아진다.

평소에는 하지 않을 농담도 많이 하는데, 이번에는 의미도 없는 말장난까지 치며 즐기고 있었다.

뭐, 따로 나와 산다는 게 꽤 큰 이벤트이기는 하니 흥분하는 것도 이해는 가지만.

"네가 제일 중요하게 생각하는 조건이 뭔데?"

"역세권일 것, 욕실과 화장실이 분리되어 있을 것, 고층일 것, 마루 바닥일 것, 자동 잠금장치 있을 것, 택배함 있을 것……."

"중요한 게 너무 많은데."

"그리고 월세 3만 엔 이하일 것."

"그런 매물이 있을 리 없잖아!"

"후훗."

무심결에 웃음을 흘리는 미노리.

역시 오늘은 기분이 아주 좋아 보였다.

"농담이야."

"진담이었으면 너에 대한 평가를 다시 하려고 했어."

"뭐…… 그래도 하나만 고르자면…… 모토무 군네 근처일 것, 이려나?"

"어?"

"왜 의외라는 표정이야. 결국 믿을 만한 사람이 가까이에 있다는 게 제일 안심되는 법이잖아."

혹시 몰라 상시 대기시키는 보안 업체 사람이라는 건가.

그건 그렇고 우리 집 근처에 살고 싶다는 둥 믿을 만한 사람이라는 둥 왠지 미노리답지 않게 약한 모습에 조금 마음이 요동칠 뻔했지만——

"아카리랑 같이 살 거 아냐?"

"아, 믿을 만한 사람이 아카리였냐……."

아무래도 단단히 착각한 모양이었다.

뭐지. 엄청 우쭐해 있던 거 같아서 굉장히 창피하다!

"모토무 군, 방금 '내가 그렇게 의지가 되나?' 하고 생각했지?"

그리고 미노리는 그걸 놓치지 않았다.

입꼬리를 씩 올리며 어딘가 모르게 비웃는 듯한 표정으로 나를 바라봤다.

"아, 안 그랬어. 그리고 아카리랑 같이 사는 것도 아니고……."

"그래도 한 지붕 아래잖아."

"어떤 의미로 맞긴 한데……."

"아카리도 참 의리도 없지. 먼저 후딱 집을 정해 버리고."

"뭐, 그건 타이밍이 그랬다고나 할까……."

미노리와 마찬가지로 세이오 학원 대학 입학에 성공한 아카리는 사실 이미 살 집을 정해 둔 상태였다.

그게 서운한가 싶었지만 미노리도 진심으로 아카리에게 화가 난 건 아닌 것 같았다.

"아카리는 요리를 잘하니까 반찬도 받아 먹을 있고, 집안일도 잘하니까 청소랑 빨래도 부탁할 수 있겠네."

"혹시 신데렐라의 계모십니까?"

"뭘 또 그렇게 말해. 서로 돕고 사는 거지."

"그럼 너는 그 대신에 뭘 해 줄 건데?"

"…………."

무시.

미노리는 아무 일도 없었다는 듯이 카페라테를 한 모금 마셨다.

"……뭐 모토무 군도 어떻게든 살았으니까 괜찮겠지."

"어째 말에 가시가 있네……."

하지만 아카리가 오기 전까지는 집안일을 잘 못했으니 크게 반박할 수는 없었다.

하기야, 그런 상태에서도 어떻게든 살아왔다는 걸 생각해 보면 정말 인간은 어떻게든 굴러가는 생물인 것 같다.

"미노리는 평소에 요리 안 해?"

"가끔 해."

"오, 의외네."

"물어봐 놓고 그 반응은 뭐야?"

미노리가 새쭉한 표정을 지으며 한숨을 쉬었다.

"혼자 살아야 하잖아. 그래서 요즘 시간이 나면 연습 정도는 하고 있어."

아까는 아카리에게 다 떠맡길 것처럼 말해 놓더니 실은 꽤 착실하게 준비 중이었나 보다.

"……진지한 이야기는 그만해. 왠지 피곤하니까."

"그것도 그러네."

나는 계속해도 괜찮았지만, 미노리가 부끄러워하니(얼굴에는 거의 드러나지 않지만) 여기서 그만 봐주기로 했다.

나는 이 녀석의 선배이자 오빠 같은 존재니까 아까 아무리 놀림을 당했다 해도 복수는 하지 않을 것이다.

"……뭔가 짜증나는데."

그런 여유로운 태도마저도 그녀의 입장에서는 재미가 없었는지, 미노리가 삐졌다는 듯이 중얼거렸다.

그렇게 배를 채운 우리는 다시 미노리가 점찍어 둔 집들을 보러 갔다.

그 수는…… 무려 네 곳!!

오전에 본 것까지 합하면 단 하루 만에 여섯 곳을 도는 강행군이었다. 일정이 그렇게 타이트하니 나는 물론이고 직접 스케줄을 짠 미노리도 점점 지쳐 갔다.

마지막에 가서는 거의 기대다시피 내 쪽으로 몸을 붙여서 걸었는데, 어째서인지 부동산 사람이 보기 좋다는 듯한 눈빛으로 우리를 바라봤다.

하루 종일 집을 돌아본 결과, 결국 미노리는 맨 처음에 갔던 주방이 분리되어 있던 원룸을 계약하기로 결정했다.

자동 잠금장치가 있고 욕실과 화장실이 분리되어 있으며, 세면

대가 따로 설치되어 있고 고층은 아니지만 3층에다가 바닥이 마루로 되어 있는 집이었다.

월세가 다른 곳보다 조금 높은 수준이지만 지나치게 비싼 편은 아니라서 꽤 좋은 집을 골랐다고 나 역시 생각했다. 미노리도 이 집을 1순위로 뒀기 때문에 아침 첫 일정으로 잡은 듯했다.

그리고 우리 집에서 걸어서 2, 3분 거리에 있다……는 건 굳이 언급할 필요는 없나.

"꽤 괜찮은 집으로 계약했네."

"응. 하지만 월세가 비싸니까 아르바이트를 열심히 해야겠어."

"동아리 같은 건 안 들어가고?"

"마음에 드는 곳이 있으면 들어가고."

별로 들어갈 생각이 없어 보이는 대답이었다.

"나도 모토무 군네 카페에서 일할까?"

"오…… 괜찮은 생각인데?"

"뭐야, 생각했던 반응이 아닌데."

그동안 쭉 미노리를 지켜 본 결과 지금 정도면 꽤 진심으로 한 말 같아서 나도 진지하게 대답을 했다.

하지만 미노리 입장에서는 내 반응의 의외였던 모양이다.

"개인이 운영하는 아담한 가게라며. 사람을 더 뽑을 여유가 없지 않아?"

아마 유아 누나가 말해 줬나 보다. 그리고 아카리가 새로 들어올 거 같다는 얘기도.

확실히 지금까지의 상황으로 보면 사람을 더 쓴다 해도 아카리 한 명 정도 받는 게 고작일 것이다.

하지만 유아 누나가 해외에 나가게 된다면 이야기는 달라진다.

둘 다 학생이고 매일같이 근무할 수 있는 것도 아니니 오히려 인원을 늘리는 편이 유아 누나의 빈자리를 잘 메우는 길이 될 것이었다.

"당연히 점장님하고 상담하고 면접을 본 다음 얘기지."

"으흠……."

미노리는 잠시 생각에 잠긴 듯 가만히 있다가,

"……뭐, 생각해 볼게."

동아리 얘기 때보다 훨씬 긍정적으로 대답을 했다.

이래저래 모든 절차를 마치고 나니, 바깥은 이미 어두컴컴해져 있었다.

저녁 먹을 시간도 완전히 넘긴 시간이었다.

"일단은 감사 인사를 할게. 오늘 도와줘서 고마워."

"일단은이라니…… 그나저나 이 시간에 돌아가는 거야?"

부동산에서 나오자마자 갑자기 미노리가 헤어질 때 할 법한 인사를 하기에 나는 반사적으로 그렇게 물었다.

지금부터 부지런히 돌아간다 해도 도착하면 자정이 훌쩍 넘은 시간이 될 것이었다.

졸업을 앞두고 있다고 해도 아직은 고등학생이다. 그런 야심한 시각에 혼자 길을 걷게 하는 건 좋지 않았다.

"숙소를 잡기에는 돈이 아까워서."

"그럼 우리 집에서 자고 가면 되잖아."

"……뭐?"

전혀 생각도 못했다는 듯이 미노리가 눈을 크게 떴다.

"설마 나를 하룻밤 재워 주는 것도 싫어하는 쪼잔한 놈이라고 생각한 거야?"

"아니 쪼잔이 문제가 아니라."

미노리는 당혹스럽다는 듯이 미간을 찌푸렸다.

뭐라고 할까…… 동요하는 기색이랄까?

미노리가 이렇게까지 얼굴에 감정을 드러내는 건 정말 보기 드문 일이었다.

"……저기."

그러나 그 감정은 이내 황당함으로…… 아니, 분노로 바뀌었다.

"너무 경솔하게 제안하는 거 아냐?"

"어?"

"모토무 군은 지금 아카리랑 사귀고 있잖아. 근데 다른 여자를 집에서 재우겠다니, 여친이 있는 남자라는 자각이 너무 없는 거 아냐?"

경멸하는 듯한 눈빛. 아니, 정말로 경멸하는 것일지도 모른다.

그렇게 생각할 만큼 날카로운 눈빛으로 미노리는 나를 똑바로 쳐다봤다.

"설마 여기서는 그런 남자로 살고 있는 거야? 여자가 틈을 보이면 바로 자빠트리겠다는 그런?"

"그, 그럴 리가 있겠냐! 너니까 자고 가라는 거지!"

확실히 아카리와 사귀고 있는데 다른 여자를 집에 데려와 재우는 건 비난받아 마땅한 일이었다. 미노리가 한 말은 백번 맞는 말이고 나도 너무 경솔하게 제안했다는 생각이 뒤늦게 들었다.

그렇지만 미노리가 본인 입으로 말했듯이 미노리는 나에게 다른 여자라기보다 여동생 같은 존재였다. 그렇기에…… 이렇게 늦은 시간에 돌아가는 걸 그냥 보고만 있을 수는 없었다.

"……뭐, 알았어."

'너니까 재워 준다'는 작업 같은 멘트 때문인지 미노리는 어색해하며 눈을 피했다.

그럴 의도는 전혀 없었는데…… 어째 말을 하면 할수록 무덤을 깊게 파는 듯한 기분이 드는데……?!

"아니, 그러니까 오해하지 말라고. 지금 돌아가면 진짜 위험하다니까?"

"……괜찮을 거 같은데."

"바깥에는 위험한 게 한두 개가 아니야!"

"왜 어린애 다그치듯이 말하는 건데?"

그냥 나도 모르게 나온 말이라 딱히 뭐라고 설명할 말이 없었다.

"진짜 괜찮아. 신칸센을 타고 연락하면 엄마가 데리러 나와 준다고 했으니까."

"어? 아줌마가? 바쁘신 분이 어떻게……."

"일 끝나고 가는 길이니까."

"아하……."

미노리는 어머니와 단둘이 사는데, 어머니는 일이 많이 바쁘셔서 토요일에도 늦게까지 일하시는 분이었다.

그래서 데리러 온다는 게 의외였는데…… 아예 늦으니까 오히려 시간이 맞는 거구나.

"……정말로 괜찮겠어?"

"음흉한 모토무 군네 집에서 하룻밤 보내는 것보다는 안전하지."

"아니, 그러니까 나는 그럴 마음이 전혀 없다니까…… 뭐, 아무튼 알았어."

미노리가 떨떠름해하는데 굳이 억지로 재울 생각까지는 없었다.

아무래도 아카리에게 미안한 마음도 들기도 하고…… 그것도 꽤 크게.

"뭐, 하지만 그런 앞뒤 생각하지 않는 친절도…… 좋아해."

"응? 뭐라고?"

"아무것도 아니야."

작은 목소리로 말끝을 흐리며 뭐라 중얼리던 미노리가 역 쪽으로 걸음을 옮겼다.

"그럼 또 봐, 모토무 군."

"아, 그래. 조심해서 가라."

"그리고……."

그녀는 휙 돌아보더니, 그녀 특유의 아련하고 예쁜 미소를 지었다.

"4월부터 잘 부탁해. 선배."

어쩐지 오랜만에 듣는 듯한, 존경심이라고는 손톱만큼도 느껴지지 않는 그 호칭에 나도 그만 웃음을 터트리고 말았다.

중학교 때 만났지만 고등학교에 올라와서는 조금 서먹했던 사이.

한때는 매니저였고 지금은 내 여자 친구의 베프.

대학에서는 분명 고등학교 때보다 훨씬 친하게 지낼 수 있겠지.

그렇게 생각하니 4월을 기다리는 이유가 또 하나 늘어난 것 같았다.

'하지만 이런 말을 미노리한테 했다가는 또 음흉한 속셈이 있느니 마니 하면서 뭐라 할 게 분명해.'

그런고로 이 기대감은 조용히 가슴속에 묻어 둔 채 미노리를 역까지 바래다주고 나서 나도 집으로 향했다.

◇◇◇

3월도 거의 다 지나가고 4월이 코앞으로 다가왔다.

올해는 예년보다 날씨도 따뜻해서 이제 곧 벚꽃도 활짝 피려 하고 있었다.

그런 봄에 새 시작을 하는 그 애를 보며 '역시 특별한 존재가 맞구나' 하고 생각한다면 내 눈에 콩깍지가 너무 단단히 씐 걸까?

그리고 바야흐로 오늘.

나는 아침부터 들뜬 마음을 주체할 수가 없었다.

"아, 아무리 그래도 내가 너무 설레발치는 거 같은데……."

나는 그렇게 혼잣말을 중얼거리면서도 좁은 방 안을 정신 사납게 빙빙 돌아다녔다.

"아직 10시네…… 순조롭게 움직였으면 저쪽에서 막 출발했을 시간이니 여기에는 점심 지나서 도착하려나?"

나는 그렇게 시계를 보면서 오늘 벌써 몇 번째인지 모를 추측을 했다.

스스로도 알 수 있을 만큼 엄청나게 긴장한 상태였다.

긴장할 일이 아니라는 걸 머리로는 알고 있지만, 줄곧 오늘이 오기를 기다렸기에 어쩔 도리가 없었다.

다시 한번 방 청소를 할까? @@아니면 환영식 세팅을 다시 점검해 둘까.

그렇게 생각하며 그 자리에 멈춰 선 순간,

——띵동.

초인동이 울렸다.

"아……!"

심장이 세차게 뛰었다.

설마 벌써……?

"……아냐, 방금까지만 해도 벌써 올 리 없다고 생각했잖아."

잠깐 동요했지만, 이내 차분해졌다.

아마 스바루나 미노리겠지.

스바루도 도와주러 온다고 했고 미노리도…… 뭐, 놀러 온다 해도 이상하지 않으니.

나 참, 초인종 좀 울렸다고 이렇게 과민반응하다니, 나도 참 어리네.

그 애는 언제나 갑작스럽게 나타났지만, 이번에는 저쪽 일정도 다 알고 있으니 그렇게 경계할 필요가 없었다.

나는 조금 우쭐해하면서 문을 열었다.

그렇게 생각하며 조금 우쭐한 마음으로 문을 열었는데——

“안녕하세요. 오늘부터 옆집에 살게 된 미야마에 아카리입니다!”

“………………어?”

지금 이곳에 있을 리 없는 소녀가 문 앞에 서 있었다.

그날…… 처음 이곳에 왔을 때처럼 햇살을 등지고 천사처럼 사랑스러운 미소를 짓고서.

그때와 다른 점이 있다면 세일러복 차림이 아니라 사복을 입고 있다는 것. 거기다 화장을 한 것만으로도 훨씬 어른스럽게 느껴졌다.

……잠깐만, 이렇게 느긋하게 관찰하고 있을 때가 아니잖아!

“아, 아카리가 어떻게 여기에……?!”

“오늘 옆집에 이사 왔으니까요.”

“아니, 그건 알고 있는데…….”

내가 여전히 상황을 파악하지 못하고 혼란스러워하자, 아카리가 더는 참을 수 없다는 듯이 킥킥 웃었다.

“후훗, 서프라이즈 성공이네요.”

“서프라이즈?”

“짐 옮기는 건 부모님께 부탁드렸어요. 저는 좀 일찍 와서 부동산에 들러 열쇠를 받아 왔고요.”

아무래도 한 방 먹은 듯하다. 물론 좋은 의미로.

놀라기는 했지만 이렇게 만나고 나니 기쁘다는 감정이 더 큰 게 신기했다.

4월부터 아카리는 대학생이 된다.

어느 대학에 다니게 됐냐면 당연히 희망하던 대로 내가 다니는 세이오 학원 대학이다.

아카리의 수험 기간은 놀라울 정도로 순탄하게 지나갔다.

여름 모의고사 때 성적 부진을 겪은 것과 크리스마스 때 마음고생을 했던 게 오히려 좋게 작용한 것일까. 그 이후로는 시험 때문에 스트레스 받거나 크게 불안해하지 않았고 최상의 컨디션으로 시험을 본 결과 합격을 했다. 그리고 목표로 했던 특기 장학생 자리까지 거머쥘 수 있었다.

그리고 오늘. 이 맨션으로 이사를 오게 되었다.

때마침 연초에 세입자가 나가고 빈집이 된 내 옆집에 말이다.

처음에는 같이 사는 것도 고려하긴 했었다.

한 달이기는 하지만 실제로 함께 살면서 잘 맞춰 가며 지내기도 했으니까.

하지만 본격적으로 같이 살게 되면 집주인에게도 정식으로 알려야 하는 문제도 있었고, 무엇보다 아직 아카리의 부모님을 뵙고 사귀고 있다고 말하지 못한 게 몹시 마음에 걸렸다.

모르는 사이에 딸에게 남자 친구가 생긴 정도면 그냥 넘어가도 허락도 없이 동거까지 했다가는 좋게 보실 리 없을 테니까.

게다가…….

'선배 옆집이 비다니, 이거야말로 기적 아네요?! 이건 그냥 하늘에서 거기 살아라 하고 말한 수준이라고요! 기적이에요!'

아카리는 그 우연이 무척이나 마음에 들었는지 바로 부동산에 연락해 집을 얻는 데 성공했다.

어찌 보면 같은 집에서 사는 것보다 옆집에 사는 게 좀 더 특별한 느낌이 들기도 하지만…… 뭐, 끝난 일이니 그냥 넘어가자.

"후후, 선배의 집은 그때랑 달라진 게 없네요."

내가 이런저런 생각을 하고 있는 사이에 아카리는 우리 집에 들어와 안을 둘러보았다.

그러다 주방 쪽을 보더니, 장난기 어린 미소를 지었다.

"선배 혹시 요즘 요리도 하세요?"

"응?"

"부엌이 굉장히 정돈된 느낌이라서요. 관리 잘하면서 쓰시는구나 싶은?"

"용케 알아봤네. 맞아. 실은 조금씩 해 보는 중이야."

나는 조금 쑥스러웠지만 순순히 고개를 끄덕였다.

아카리와 함께 지낸 일을 계기로 요리에 손대기 시작했는데, 요즘은 만들고 치우는 과정이 꽤 물 흐르듯 자연스러워졌다 느끼는 중이었다.

"후훗, 그럼 저도 선배에게 지지 않도록 더 열심히 해야겠네요."

"무슨 그런 말도 안 되는 소리를…… 아무리 해도 아카리는 못 따라잡을걸?"

아무리 열심히 한다 해도 아카리와 비교할 수준은 절대 아니었다. 아카리도 말은 저렇게 하지만 웬만해서는 따라잡히지 않으리라는 자신이 있을 테고.

그나저나 한 달을 같이 지냈다고 바로 그때와 달라진 부분을 찾아내니 뭔가 굉장히 부끄러웠다.

그것도 다른 곳도 아니고 주방이라니…… 요리는 아카리와 함께 요리를 한 걸 계기로 시작한지라, '혹시 잘 보이고 싶어 시작했나?' 하고 생각할까 봐 더 민망했다.

"저기, 선배. 그럼 저 점심 좀 만들어 주시면 안 돼요?"

"어? 아니, 그게! 남한테 먹일 수준은 아니라서! 그리고……."

솔직히 말하면 나는 아카리가 만든 밥이 먹고 싶었다.

아니, 뭐, 이사하자마자 첫날부터 해 달라고 부탁할 생각은 없지만.

"날이 날이니까 밖에서 맛있는 거 먹자. 내가 사 줄게. 그러면서 다시 한번 이 동네도 소개해 주고."

"와아, 정말이요?"

"그럼."

이날을 위해 내내 준비했다.

아카리를 데리고 가고 싶은 장소, 보여 주고 싶은 풍경, 그리고 함께 걷고 싶은 거리…… 아카리를 생각하며 그런 것들을 셀 수 없을 만큼 많이 내 안에 저장해 두었다.

그리고 좀 더 아카리와——

"서, 선배——?"

아카리의 놀란 목소리에 나는 그제야 깨달았다.

무의식중에 그녀를 꼭 안아 버린 것을.

입시라는 거대한 벽을 넘어 목표로 했던 것을 멋지게 이루고 내 곁에 와 준 아카리.

그녀가 곁에 있는 게, 이렇게 나를 바라봐 주는 게…… 이다지도 기쁘고 사랑스럽다니.

"미, 미안……!"

"아네요!"

나는 아쉬워하면서도 미안한 마음에 얼른 몸을 떼려고 했으나…… 아카리가 내 등을 감싸 안으며 나를 저지했다.

"저도…… 이렇게 있고 싶어요."

"아카리……."

"선배, 정말 많이 보고 싶었어요. 선배한테 하고 싶은 얘기가 정말 많아요. 진짜로요!"

"나도야. 앞으로 같이 있을 수 있다는 게 정말 기뻐."

이번에는 시간이 한정되지 않았다.

오늘도, 내일도, 다음 주도, 다음 달도…… 그리고 분명 내년에도.

아카리와 함께 있을 수 있다고, 이 온기를 계속 느낄 수 있다고 생각하니 어쩐지 눈꺼풀 안쪽이 뜨거웠다.

"선배……."

아카리는 나를 꼭 끌어안으며 살포시 몸을 기댔다.

아카리도 나와 같은 마음이라는 게 그 행동으로 전해졌다.

지금까지는 아카리와 함께 시간을 보내도 마음 한구석에서는 항상 아쉬웠고 언젠가 이 시간이 끝날 거 같아 두려웠지만…… 이제는 다르다.

우리는 지금까지보다 더 길고 많은 시간을 함께 살아갈 것이다.

"선배."

아카리가 다시 나를 불렀다.

그리고 우리는 동시에 팔을 풀었다.

그녀는 나를 살짝 올려다보며 더없이 예쁜 미소를 지었다.

"올봄부터 세이오 학원 대학에 다니게 된, 시라기 모토무의 여자 친구 미야마에 아카리입니다. 앞으로 잘 부탁드립니다."

그녀는 다시 한번 예의를 갖춰 그렇게 인사를 했다.

'오빠가 빚 담보로 가라고 해서 왔어요. 앞으로 잘 부탁드려요.'

그리고 그 인사는 처음 아카리가 우리 집에 찾아온 날, 단돈 500엔의 빚 담보로 왔다는 인사를 했을 때의 말을 떠올리게 했다.

정말 말도 안 되는 이유라 처음에는 나도 멘붕이었지.

그것도 이제 와서는 좋은 추억……인지는 잘 모르겠지만, 그래도 평생 잊지 못할 순간인 것은 분명했다.

"앞으로도 잘 부탁해, 아카리."

나는 진심으로 고마운 마음을 담아 그렇게 말하며, 아카리를 향해 환한 미소를 지었다.

번외편 안녕 교복

“오늘로 졸업이구나…….”

교실 창밖을 바라보며 나는 무심코 그렇게 중얼거렸다.

바깥에서는 벚꽃 봉우리가 서서히 예쁜 색으로 물들기 시작했다.

저 꽃들이 활짝 폈을 때 나는 이곳에 없겠지.

“오늘로 졸업이네…….”

졸업식도 끝났으니 이제 남은 일은 이곳을 떠나는 것뿐.

소풍은 집에 돌아갈 때까지가 소풍이라 하니, 아마 고등학생도 집에 돌아가기 전까지는 고등학생일 것이다.

그리고 그 이후에는…….

“하아…….”

자연스레 한숨이 흘러나왔다.

나에게 고등학교 생활은 그저 지나가는 길목일 뿐이라고, 어느 시점부터 그렇게 생각했다.

대학을 목표로 위만 보며 달려왔는데…… 하지만 막상 이날이 오니 가슴이 욱신거리며 아팠다.

“오늘로 졸업——”

“그만 좀 해.”

"꺄!"

자비 없이 머리에 꽂히는 손날.

나는 비명을 지르며 몸을 움츠렸다.

"아침부터 대체 몇 번을 말하는 거야."

"……여덟 번 정도?"

"세지는 않았지만 그보다는 더 많을 거라 장담해."

릿 짱이 징그러워 죽겠다는 듯이 그렇게 말했다.

이상하다. 똑같이 졸업하는데 왜 릿 짱은 하나도 안 섭섭한 것 같지?

"릿 짱은 아쉽지도 않아?!"

"응."

단호한 한마디.

"3년이나 다녔으니까 충분해."

"3년이나 다녔으니까 아쉬운 거잖아……."

"빨리 대학생이 되고 싶다고 지겹게 말한 사람이 누구더라?"

"그건 그렇지만……."

대학생이 되고 싶다. 그 마음은 지금 이 순간에도 전혀 작아지지 않았다.

그렇지만 막상 끝이라고 하면 아무래도 미련이 남는 게 인지상정이었다.

그건 초등학교 때도, 중학교 때도 똑같았다.

"고등학교에 남아서 뭐 하게? 남는다 해도 할 게 없잖아."

"그런 현실적인 얘기를 하자는 게 아니라…… 아, 그래! 이거야, 이거!"

나는 지금 입고 있는 옷을 가리켰다.

"이제 더 이상 교복을 못 입는다고!"

교복을 입을 수 있는 건 초중고에 다니는 학생들뿐.

오늘 돌아가서 벗으면 분명 세탁소에서 세탁 한 번 하고는 그대로 옷장 깊숙이 봉인될 것이다.

다시 입을 일이 있다 해도 이제는 그냥 코스프레일 뿐.

"……사진 찍어 두면 되잖아."

"당연히 찍을 거야!"

내 서러운 외침에 릿 짱은 조금 이해가 안 간다는 듯한 표정을 지었다.

나는 그런 릿 짱을 스마트폰 카메라로 열심히 찍었다. 포즈를 잡아 줄 생각은 전혀 없어 보였지만, 있는 그대로 찍어도 찍히는 것마다 예술이었다.

"으으…… 릿 짱이 조금만 덜 귀여웠다면 더 투덜댔을 텐데……."

"그게 귀여운 거랑 무슨 상관인데?"

릿 짱은 어이가 없다는 듯이 그렇게 말하며 한껏 기지개를 켰다.

이건 '슬슬 돌아가 볼까~' 하는 릿 짱만의 신호였다.

"어? 벌써 가게?"

"남아 있어도 할 게 없으니까."

"같이 사진도 찍고……."

"아까 찍었잖아."

"그건 단체 사진이잖아!"

졸업식을 포함한 모든 일정이 끝나서 확실히 이제는 돌아가기만 하면 됐다.

아마 지금쯤 졸업생들은 각자 추억이 깃든 장소를 돌아다니며 기념사진을 찍고 있을 것이다.

참고로 나와 릿 짱은 평소에 와 본 적도 없는 빈 교실에 들어와 쉬는 척하고 있는 중이었다.

다들 같이 사진 찍자고 성화를 부리기는 했지만…… 그 양이 감당을 못 할 만큼 많았다. 특히 릿 짱은 거의 폭발 직전이었다.

“3년 동안 많이 찍었잖아. 만나는 건 당장 내일이라도 또 만날 수 있고. 오늘 꼭 해야 할 이유도 없는데 왜들 저러는 건지.”

릿 짱은 차분하게 맞는 말을 했다.

졸업식 날일지라도 역시 그녀는 평소와 다르지 않았다.

“릿 짱은 뒤를 돌아보거나 하지 않는구나…….”

“뭐, 그렇지만도 않아.”

릿 짱은 스마트폰에서 눈을 떼며 창밖을 바라봤다.

하지만 어쩐지 바깥 풍경을 보고 있는 게 아니라는 생각이 들었다.

“뒤를 돌아본다고 시간을 되돌릴 수는 없잖아.”

릿 짱은 혼잣말을 하는 것처럼 작게 중얼거렸다.

어쩐지 경험에서 우러나온 듯한, 체념이 섞인 목소리였다.

“반대로 빨리 지나가라 해도 바뀌는 것도 아니고.”

이번에는 갑자기 불만이 섞인 목소리로 확 바뀌었다.

릿 짱은 또래 중 누구보다도 어른스러웠다. 그래서인지 가끔은 고등학생——다시 말해 어린애 취급하는 걸 갑갑해하는 것처럼 느껴지기도 했다.

아마도 졸업 날에 묘한 아쉬움을 느끼는 나와 달리 릿 짱은 교복을 벗는 이날을 줄곧 기다려 왔겠지.

빨리 지나가라 해도 시간은 빠르게 흘러가지 않는다.

눈 깜짝할 새라고 느껴지는 즐거운 시간도, 영원히 계속되었으면 하는 행복한 시간도.

언제나 1초는 같은 1초다.

'릿 짱은 정말이지 너무 멋있어.'

분명 릿 짱은 진작부터 그 진리를 깨달았을 것이다.

자유분방한 릿 짱이 속이 터질 정도로 느긋하거나 장난을 치거나 빈둥거려도 게으르다고 생각되지 않고 어른의 여유처럼 느껴지는 건 아마 그 때문일 것이다.

"……뭐, 그냥 그렇다고."

릿 짱은 오늘로써 마지막인 교복을 입고, 창문을 등진 채 책상에 앉아 냉소적으로 입꼬리를 비틀어 웃었다. 나는 지금 이 순간, 사진을 찍지 않은 것을 무척이나 후회했다.

◆◆◆

나는 그 뒤로 조금 더 쉰 다음에 다른 친구들과 합류했다.

교실, 체육관, 운동장, 복도…… 어디가 됐든, 무엇이 됐든, 스마트폰 배터리가 10퍼센트 아래로 내려갈 때까지 사진이고 영상이고 마구 찍었다.

참고로 릿 짱은 먼저 집에 갔다. 정말이지 매정한 베프가 아닐 수 없었다.

"그럼 잘 가, 아카리! 나중에 또 보자!"

"응, 또 봐!"

나는 교문 밖으로 나가는 친구들의 뒷모습을 바라봤다.

잠시 혼자만의 시간이 필요해 교실에 두고 온 물건이 있다는 핑계로 친구들을 먼저 보냈다. 같이 돌아갈걸 그랬나 하는 생각도 들었지만 이내 고개를 저었다.

'고교 학창 생활이라…….'

고등학생은 그야말로 청춘의 한복판이라 할 수 있다. 만화를 봐도, 드라마를 봐도, 고등학교를 배경으로 한 청춘물, 연애물은 발에 채일 정도로 많았다.

나도 남들처럼 사랑을 했고, 오랫동안 짝사랑하던 선배와 드디어 꿈에 그리던 연인이 될 수 있었다.

하지만 선배와 사귀게 된 계기는 선배가 고등학교를 졸업한 뒤에야 만들 수 있었다.

바로 나의 고교 생활이 거의 끝나 갈 무렵인 3학년 여름 방학 때.

그 후로 정신없이 휘몰아치며 내 인생에서 가장 농밀한 시간을 보냈다. 솔직히 말해 고등학교 추억 대부분이 그 여름 방학에 몰려 있다 해도 과언이 아니었다.

10년 후, 20년 후에 고교 학창 시절을 떠올리면 아마 이 시기만 떠오를 테지.

'그런 면에서는 조금 아깝기도 하네.'

1학년, 2학년 때는 내내 선배의 뒷모습만 바라봤다.

3학년으로 올라와서는 아무것도 하지 못한 나 자신을 계속 책망했고.

그래서 그런지 즐거운 일도 많았지만 힘들었다는 기억이 더 컸다.

만약 선배를 향한 선망도, 후회도 없었다면 좀 더 청춘을 만끽할 수 있었을까?

"……릿 짱이 알면 또 한심해할 생각이네."

나는 후회를 많이 하고 살아온 사람이라 릿 짱의 쿨하고 멋진 모습을 늘 부러워했다.

하지만 후회를 했기 때문에 선배를 한결같이 좋아할 수 있었다.

후회가 나에게 힘을 주었다.

지금 느끼는 이 감정은 후회와는 조금 다를지도 모르지만…… 그래도 언젠가는 또다시 나에게 힘을 줄 것 같았다.

그래서…….

――찰칵!

나는 교문 앞에 서서 학교를 찍었다.

선생님 몇 명만 남고 모두 떠나 간 배움터는 크고, 조용하고, 조금 쓸쓸해 보였다.

내 인생은 이제 이곳에 없다.

앞으로는 새로운 곳에서 선배와 함께 행복을 찾아 가겠지.

하지만 내가 이곳에 있었다는 흔적은 결코 사라지지 않는다.

'졸업은 끝과 동시에 시작이기도 하다'

축사에서 자주 듣는 말…… 오늘도 누군가가 그렇게 말했다.

그러나 그건 학교라는 좁은 범위에 국한된 이야기고, 내 인생 전체를 놓고 보면 무언가가 계속 이어지고, 갑자기 시작되기도 하며, 느닷없이 끝나기도 한다. 그게 사는 내내 끊임없이 반복되는 것이다.

앞으로 내 인생은 어떻게 될까.

지금 눈앞에 보이는 것처럼 행복으로만 가득할까?

아니면 예상하지 못한 고난이 기다리고 있을까.

고등학생 신분도 벗어났고, 이제 곧 혼자 나가 살게 된다.

조금씩 어른이 되어 가면서 동시에 누군가가 나를 지켜봐 주거나 보호해 주는 일도 줄어 갈 것이다.

오늘 졸업한 사람 중에는 봄부터 회사에 입사해 일하는 사람도 있다. 원하든 원하지 않든 나는 더 이상 어린아이로 있을 수 없었다.

불안하지 않다면 거짓말이다.

하지만 학교에서 쌓아 온 경험들이, 만든 추억들이, 곱씹은 후회들이, 교복을 벗은 후에도 사라지지 않고 나를 받쳐 주고 도와줄 것을 알기에 나는 두려워하지 않고 앞으로 나아갈 것이다!

"지금까지 정말 감사했습니다!"

나는 교문 밖으로 나가 학교를 향해 인사를 했다.

그리고 학교를 등지고서 걸음을 내디뎠다.

돌아보지 않고 앞으로, 앞으로.

나의 이야기는 계속된다.

앞으로도 쭉.

그 사람과 함께.

후 기

<친구에게 500엔을 빌려줬더니 빚의 담보로 여동생을 보냈다고 하는데 난 대체 어떻게 하면 좋을까 5>를 구입해 주셔서 진심으로 감사합니다.

작가 토시조입니다.

이 작품은 2021년 9월 30일에 1권이 발매된 후 거의 2년 동안 후속권이 발매되었고, 이번에 5권을 끝으로 이야기를 마무리하게 되었습니다.

작가로서 출판 업계에 몸담고 나니, 이야기 하나를 완결까지 쓴다는 게 당연한 일처럼 여겨지지만 사실은 매우 어려운 일이라는 것을 알게 되었습니다.

슬럼프 같은 이유로 집필을 계속하지 못한다는 경우도 있지만, 작가는 계속 쓰고 싶어도 출판사 측에서 연재 중단을 결정하는 경우도 있습니다.

그런 가운데 <친구에게 500엔을 빌려줬더니 빚의 담보로 여동생을 보냈다고 하는데 난 대체 어떻게 하면 좋을까>를 이렇게 끝까지 쓸 수 있었던 것은 바로 독자 여러분께서 응원해 주신 덕분입니다.

진심으로 감사합니다.

이번 권에서는 4권의 배경이었던 초가을에서 시간이 조금 지나 겨울을 배경으로 이야기가 진행됩니다.

그 이유는 당연히 러브코미디라면 반드시 거쳐가야 하는 이벤트, 크리스마스가 있기 때문입니다. 물론 모토무와 아카리의 관계를 한 단계 더 발전시키고 싶다는 의도도 있었습니다.

……사실은 다 떠나서 여름부터 봄까지 두 사람이 장거리 연애를 하면서 생기는 불화를 꼭 쓰고 싶었습니다.

아카리가 오랫동안 짝사랑했다고는 하지만 두 사람은 여름방학 기간인 한 달 만에 급격하게 가까워지면서 사귀게 된 사이입니다.

우정이든 사랑이든 급격하게 가까워지면 식는 것도 한순간이라고들 하죠. 물론 예외는 있지만요.

지금 이 두 사람의 관계가 딱 그렇습니다. 여름방학이라는 짧은 기간에 쌓아 온 관계인 데다가 연애의 달콤한 부분만 맛본 상태입니다.

그 상태만 보여 준다면 '작은 균열이 일어나도 이 두 사람은 과연 극복할 수 있을까?' 하는 의문을 독자 여러분께 남길지도 모른다고 생각했습니다.

그렇기 때문에 엇갈림이나 오해가 생기고 그것을 해결함으로써 '뭐, 앞으로도 많은 일이 있겠지만 어차피 얘네는 행복하게 살겠지.' 하고 상상하실 수 있도록 하는 게 가장 좋은 마무리지 않을까 하는 결론에 이르렀습니다.

500엔으로 시작된 관계도 여기까지 올 수 있다는 걸 보여 주기 위해서요.

……뭐, 작품이 작품인지라 위기일 뻔한 그런 이벤트도 조금 한

심하고 우스꽝스러운 분위기로 담아냈습니다. 하하.

그럼 완결을 맞이하며 다시 한번 관계자 여러분께 감사 인사를 드리고자 합니다.

먼저 이 시리즈 1권부터 5권까지 일러스트를 담당해 주신 유키코 선생님.

아카리를 비롯하여 캐릭터들을 매력적으로, 코믹하면서도 귀엽고 멋지게 그려 주셔서 정말 감사합니다!

그리고 만화 쪽을 담당해 주시고 계시는 카네코 코가네 선생님.

5권이 발매될 쯤 만화 쪽도 완결을 맞이한 걸로 아는데, 매 화마다 정말 재밌고 사랑스럽게 그려 주셔서 감사했습니다!

두 분 선생님을 통해 그림의 힘을 느꼈다고나 할까요? 이 작품을 집필하면서 글로는 잘 표현하기 힘든 표정이나 캐릭터의 매력을 한 방에 전달해 주시는 점이 정말 든든했습니다. 라이트노벨이라는 분야에 종사할 수 있어서 행복하다는 생각이 들 정도로요.

매번 이번에는 어떤 일러스트가 나올지, 만화가 어떻게 전개될지 두근두근한 마음으로 기다렸습니다. 앞으로도 두 분이 많은 활약을 하시기를 진심으로 응원하겠습니다.

또 5권까지 출간을 허락해 주신 패미통 문고 측에도 깊이 감사드립니다.

담당 편집자님께서 1권부터 5권까지 맡아 주시면서 여러 아이디어도 내주시고 문제가 될 만한 표현이 있을 때는 바로잡아 주시며, 정말 많이 도와주셨습니다.

누군가가 지켜봐 주고 지도해 준다는 것 자체가 개인적으로 정말 큰 힘이 되었고, 덕분에 과감하게 나가야 하는 부분들은 과감하게 밀고 나갈 수 있었습니다. 역시 누군가에게 검토를 요청하고 조언을 받는 건 중요한 일이네요. 이번에 뼈저리게 깨달았습니다.

그리고 지금까지 함께해 주시고 응원해 주신 독자 여러분께 다시 한번 인사드립니다.

정말, 진심으로 감사합니다!

평소에도 여러 곳에 올라온 리뷰를 보며 기뻐하기도 하고 슬퍼하기도 하고 마음이 흔들리기도 했지만, 책을 사 주신 독자 여러분이 정말 정말 저에게 무엇보다 큰 힘이 되었습니다.

여러분께 이번 권이, 더 나아가 이 작품 자체가 기대에 부응하는 작품이 되었기를 진심으로 바랍니다!

〈친구에게 500엔을 빌려줬더니 빚의 담보로 여동생을 보냈다고 하는데 난 대체 어떻게 하면 좋을까〉는 끝을 맞이했지만, 앞으로도 작가로서 여러분께 좋은 이야기를 많이 선보이고 싶다는 게 제 작은 바람입니다.

이번 작품을 통해 얻은 경험, 성취감, 그리고 후회를 가슴에 품고서 더 재미있는 작품을 쓸 수 있도록 정진할 테니, 언젠가 다시 만나게 되면 처마 밑에 누워 있는 늙은 개를 쓰다듬듯이 부드럽게 어루만져 주시면 감사하겠습니다.

말이 길어졌네요. 이쯤에서 슬슬 후기를 마무리하려고 합니다.

저에게 〈친구에게 500엔을 빌려줬더니 빚의 담보로 여동생을 보냈다고 하는데 난 대체 어떻게 하면 좋을까〉는 무엇과도 바꿀 수 없는, 제 대표작이라고 부를 만한 작품이 되었습니다.

그런 작품을 완결 짓다니…… 기쁘기도 하지만 한편으로는 아쉽기도 하고 그렇습니다.

저에게는 물론이고, 모쪼록 이 작품이 관계자분들과 독자 여러분께도 오래도록 마음에 남는 작품이 되기를 진심으로 바랍니다.

여러분, 정말로, 진심으로 감사드립니다!!

완결
축하드려요!
세일러복
그리는 것도
이제 끝!

친구에게 500엔을 빌려줬더니 빌린 돈의 담보로서 여동생을 보내왔는데, 난 대체 어떻게하면 좋을까 5

초판 1쇄 인쇄 2026년 2월 10일
초판 1쇄 발행 2026년 2월 15일

저자 : 토시조
번역 : 김희윤

펴낸이 : 이동섭
편집 : 이민규
디자인 : 조세연
영업 · 마케팅 : 조정훈
기획편집 : 송정환
e-BOOK : 홍인표, 김은혜, 정희철, 김미연, 황진영, 장화진
라이츠 : 서찬웅
관리 : 이윤미

㈜에이케이커뮤니케이션즈
등록 1996년 7월 9일(제302-1996-00026호)
주소 : 08513 서울특별시 금천구 디지털로 178, B동 1805호
TEL : 02-702-7963~5 FAX : 0303-3440-2024
http://www.amusementkorea.co.kr

ISBN 979-11-274-9890-0 04830
ISBN 979-11-274-8728-7 04830 (세트)